KB114634

여섯 영혼의 노래, 그리고 가수

여섯 영혼의 노래, 그리고 가수 1
킹묵 장편소설

초판 1쇄 찍은 날 § 2018년 3월 22일
초판 1쇄 펴낸 날 § 2018년 3월 29일

지은이 § 킹묵
펴낸이 § 서경석

총괄팀장 § 최하나
편집책임 § 이종식
편집 § 김경민

펴낸곳 § 도서출판 청어람
등록번호 § 제387-1999-000006호
등록일자 § 1999. 5. 31
어람번호 § 제1-2871호

주소 § 경기도 부천시 부일로 483번길 40 서경B/D 3F (우) 14640
전화 § 032-656-4452 팩스 § 032-656-4453
http://www.chungeoram.com
E-mail § chungeorambook@daum.net

ISBN 979-11-04-91687-8 04810
ISBN 979-11-04-91686-1 (세트)

1

킹묵 장편소설

여섯 영혼의 노래, 그리고 가수

FUSION FANTASTIC STORY

여섯 영혼의 노래, 그리고 가수

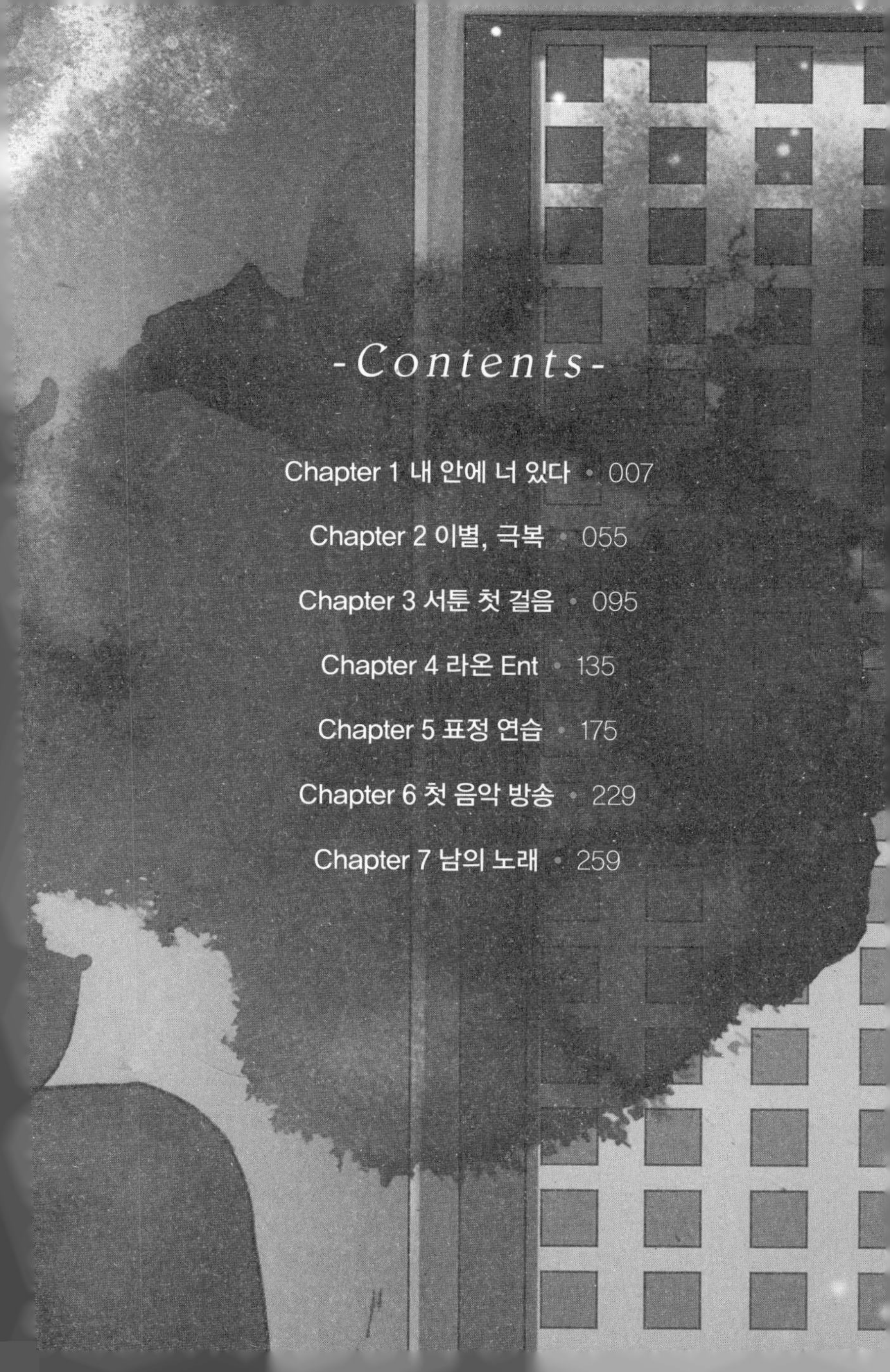

-Contents-

Chapter 1
내 안에 너 있다

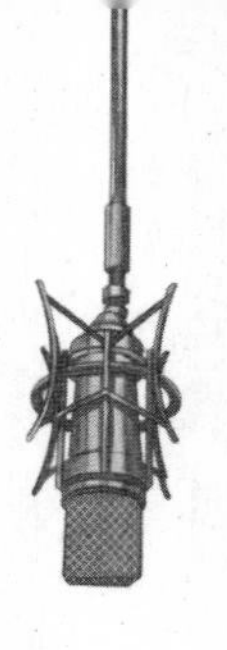

서울에 위치한 대학 병원 암 병동의 휴게실 한가운데에 어린아이가 쭈뼛대며 서 있다. 그런 아이에게 아빠로 보이는 남자가 다가가 무릎을 꿇고 앉아 눈을 맞추며 말했다.

"아들, 왜? 부르기 싫어? 엄마가 듣고 싶다는데?"

"없어요."

아이는 아빠의 눈을 쳐다보며 말했지만 어딘가 어눌한 말투였다.

"뭐가 없어?"

"…없어요. 소리가 없어요. 하고 싶어요."

그때, 소파에 앉아 있던 아이의 엄마로 보이는 여자가 그 말을 알아들은 듯 웃으며 말했다.

"할아버님, 동호 씨, 우리 아들이 저번처럼 두 분과 같이 노래하고 싶은가 봐요."

뒤에서 구경하고 있던 할아버지와 30대로 보이는 남자가 동시에 어깨를 으쓱했다.

"큼큼, 쪼끄만 놈이 좋은 건 알아가지고."

"나도 또 불러요? 내 실력으로 동요 부르는 건 사치인데."

투덜거리는 말과 달리 얼굴에 미소를 지으며 아이의 곁으로 다가갔다. 아이는 할아버지와 남자를 보며 꾸벅 인사를 했다. 할아버지는 휴게실에 놓여 있는 기타를 들며 투덜거렸고, 30대 남자는 멀뚱히 아이의 옆에 섰다.

휴게실 한쪽에서 아이가 노래를 시작하자 할아버지가 기타를 연주했고, 남자는 중간중간 화음을 넣었다.

노래를 마친 아이는 여전히 무표정한 얼굴로 꾸벅 인사를 했다. 그러고는 할아버지가 들고 있는 기타에 시선이 고정되었다.

"기타 소리가 좋은가 보구나. 나중에 이 할아비가 다 낫거든 네 기타 한 대 만들어주마. 큼큼."

"그래, 기분이다! 나도 다 낫기만 하면 지금보다 더 잘 부르게 가르쳐 줄게! 어때, 형이 더 좋지?"

"이놈아, 형은 무슨. 아들 같은 애한테 이상한 소리 말거라!"

*　　　　*　　　　*

미국 텍사스주 휴스턴에 위치한 병원.

"여보, 나 커피 한 잔 마시고 싶은데."

"커피는 안 돼. 물로 사올게. 잠깐 앉아 있어."

부인은 음료를 사러 가는 남자에게 미소를 보냈지만 어째서인지 슬픈 얼굴이었다. 윤후가 무표정한 얼굴로 엄마의 얼굴을 살펴보며 말했다.

"엄마, 아프면 불러줄까요? 불러줄까요?"

"우리 윤후, 노래 불러주려고? 엄마 아프지 말라고?"

"네! 네! 윤후 할게요. 노래할게요."

엄마는 깡마른 얼굴에 미소를 지은 채 윤후를 바라봤다. 윤후는 한 발 떨어져 차렷 자세를 하고 노래를 시작했다.

처음 듣는 노래였지만, 윤후가 어떤 아이인지 알기에 미소를 지은 채 지켜보고 있을 때였다.

"와우! 꼬마! 아까 본 꼬마잖아? 지금 부른 곡, 아까 아저씨가 듣던 거 맞지?"

갑자기 다가온 동양인과 백인을 보며 엄마는 윤후를 품으로 끌어당겼다. 환자복을 입은 것으로 보아 환자인 것을 알 수 있었다.

"누구시죠?"

"아, 실례했습니다. 아까 요 앞 벤치에서 아드님을 잠깐 만난 사람입니다."

동양 남자는 한국인이었고, 윤후를 보고 오게 된 이야기를 꺼냈다. 엄마 역시 윤후가 어떤 아이인지 알기에 충분히 남자의 말을 이해할 수 있었다.

남자와 엄마는 한참 동안 윤후에 대해 이야기를 했고, 그는 윤후의 머리를 쓰다듬었다.

"짜식, 조금만 일찍 만났으면 좋았을 텐데… 만약 나중에 커서 아저씨를 만나게 되면 아저씨 노래 불러줘야 한다? 하하!"

윤후는 웃으며 말하는 남자가 무안해질 정도로 무표정했다. 그리고 그 상태로 입을 열었다.

"크면요? 윤후 어른 되면 같이 노래하기로 한 사람 있어요."

"그래? 친구야? 친구도 노래 잘하나 보네?"

"검은색 형이에요. 노래 좋아요. 들으면 기분 좋아요."

"하하, 누군지 아저씨도 궁금하네."

남자는 얼굴에 미소를 머금고 일어서며 말했다.

"아저씨는 이제 가야겠다. 앞으로 꼭 좋은 노래 부르고 만

들고 그래. 제임스도 사진작가랬지? 기념으로 사진이나 한 방 찍어줘… 라고 해도 사진기가 없지."

뒤에 서 있던 백인은 환자복 상의 주머니에 양손을 꼽은 채 귀찮은 얼굴로 말했다.

"나중에도 만약 내가 살아 있다면 찍어주지. 훗. 그럼 난 이만."

"어우, 저 양키 놈. 애 앞에서 말을 해도 꼭 저런 식으로 하냐. 꼬마야, 또 보자!"

남자와 백인이 가고 난 뒤에야 엄마가 윤후를 보며 물었다.

"윤후야, 검은 형이 누구야?"

"들었어요. 아빠랑 햄버거 먹다가 들었어요. 따라 불렀더니 엄청 좋아했어요. 그래서 같이하기로 했어요."

엄마는 자신이 알아듣지 못할 말만 하는 윤후의 머리를 야윈 손으로 쓰다듬었다.

*　　　　　*　　　　　*

한 소년이 어린 나이에 어울리지 않는 검은 양복을 입은 채 방에 엎드려 있다.

소년은 엎드린 상태에서 손에 로션을 바르고 있었다. 피부에 스며들지도 않을 정도의 많은 양을 손 위에 올려 놓은 채 냄새를 맡는 소년. 마치 그 냄새를 몸에 배게 하려는 듯한 모습이었다.

그런 소년을 보고 있는 한 남자도 초췌한 얼굴로 검은 양복을 입고 있었다. 로션을 들이붓는 소년을 보는 남자는 붉어진 눈가를 훔치며 소년에게 다가갔다. 그러고는 로션 범벅으로 엎드려 있는 소년을 번쩍 안아 들고 눈을 맞췄다.

"우리 윤후, 엄마 냄새 좋아?"

엄마란 말에도 윤후는 대답도 하지 않고 아빠의 어깨에 얼굴을 기댄 채 무표정으로 눈만 깜빡거렸다. 아빠는 그런 윤후를 안은 채 등을 쓰다듬었다.

"윤후야, 슬프면 울어도 괜찮아. 하늘나라에서 엄마 들으라고 우리 같이 울어버리자."

마치 자신들만 남겨 놓고 먼저 세상을 떠난 아내가 들으라는 듯 원망과 슬픔이 섞인 목소리였다. 윤후 역시 품에 안긴 아빠의 어깨가 들썩거리는 것이 느껴졌지만 지금의 상황을 이해 못하는 얼굴이었다. 그러고는 아빠 품에 안긴 채 로션이 묻은 손을 만지작거렸다.

"엄마는? 노래 부르고 싶은데?"

서번트 증후군. 윤후가 앓고 있는 병명이다. 자폐증 같은 뇌 기능 장애를 가지고 있으면서도 음악, 미술, 암기 등 특정한 분야에서 천재성을 나타내는 현상이다. 처음 발달 장애 진단을 받았을 때는 하늘이 무너지는 것만 같았다. 하지만 윤후는 자랄수록 또래의 아이들과는 확연히 달랐다. 노래만큼은 한 번 들으면 완벽하게 기억하는 것이다.

아빠는 눈물이 가득 고인 채 윤후를 바라봤다. 평범한 아이였다면 분명 엄마를 찾으며 울고 있을 터인데 윤후는 언제나 그랬듯이 무표정했다. 그런 윤후를 보자 참고 있던 울음이 터지고 말았다.

윤후를 부여안고 울기 시작했고, 윤후도 뭔지는 잘 모르지만 자신의 볼에도 무엇인가 흘러내리는 것을 느꼈다. 그러고는 흐르는 눈물을 손으로 만져보다 말고 정훈의 품에서 벗어나 벌떡 일어섰다.

가을밤 외로운 밤벌레 우는 밤……

윤후는 우뚝 선 채 노래를 부르기 시작했고, 평소와 달리 엄마의 목소리가 들리지 않자 그제야 노래를 멈추고 울기 시작했다. 한참 동안 아빠의 품에 안겨 울던 윤후는 울음에 지쳐 기절하듯 잠들었다.

*　　　*　　　*

윤후는 얼굴에 느껴지는 햇살에 눈이 부셔 찡그리며 일어나 앉았다. 고개를 숙인 채 뜬 눈에 낯선 이불이 보였다. 그제야 고개를 들어 방을 천천히 살펴보다가 벌떡 일어섰다.

"아빠! 엄마!"

처음 보는 낯선 집에 혼자 있다는 것이 겁이 나 큰 소리로 아빠를 불렀다. 그 소리를 들은 정훈은 방문이 부서질 정도로 세게 열고 급히 들어왔다. 하지만 그것도 잠시, 이상함을 느낀 정훈은 걸음을 우뚝 멈추고 문고리를 잡은 채 윤후를 빤히 바라봤다. 윤후는 그런 아빠의 반응보다 일단 아빠가 보이자 안심이 되는지 손으로 자신의 얼굴을 비볐다.

"아빠, 여기 어디?"

윤후가 그동안 아무것도 기억 못하는 듯한 모습을 보이자 정훈은 그제야 조심스럽게 발을 디뎠다. 그러고는 의심이 가득한 얼굴로 윤후를 쳐다보며 말했다.

"…윤후 맞니?"

고개를 들어 자신을 쳐다보는 아들의 얼굴에도 무엇 때문인지 확신이 서지 않았다.

"헬로우? 하이?"

윤후는 어색하게 영어로 인사하는 정훈을 뚱한 얼굴로 바라보았다. 그러고는 갑자기 일어나자마자 노래를 부르기 시작했다. 항상 하고 싶은 대로 하는 윤후이기에 당연한 행동이었다.

가을밤 외로운……

그렇게 대답도 하지 않고 노래를 부르다가 갑자기 고개를 숙여 버리는 윤후이다. 정훈은 그제야 침대로 다가가 윤후를 덥석 안고 얼굴을 쓰다듬으며 여기저기 살펴봤다.

"왜?"

윤후를 안아 든 정훈은 숨을 크게 내뱉었다. 그리고 다시 윤후를 보는 정훈의 얼굴에는 안쓰러움이 묻어 있었다.

"음… 응?"

"윤후야, 기억 안 나니?"

"뭐가요? 안 나요? 기억이."

"…아니야. 빨리 씻어. 아빠랑 어디 갈 곳 있으니까."

정훈은 더 이상 말하지 않고 윤후를 안았다. 정훈의 얼굴에는 불안감이 가득했고, 그런 얼굴로 방 한쪽에 놓인 달력을 바라봤다.

거의 한 달 동안 마치 다른 사람처럼 행동하고 말하는 윤후를 보며 처음에는 단지 엄마를 잃은 아이의 충격이라고 생각했다. 하지만 평소 말투가 어눌했고 제대로 말하지 못하는 윤후의 입에서 알아듣지 못할 말과 노인의 말투, 심지어는 원어민처럼 말하는 영어까지 나오는 순간 뭔가 잘못되었다는 것을 느꼈다.

윤후가 그런 행동을 보인 다음 날, 윤후를 억지로 이끌고 윤후의 담당 의사를 방문했다. 그리고 아들이 아닌 것처럼 행동하는 윤후와 의사와의 대화가 시작됐다.

윤후는 상당히 점잖은 말투였고, 자신을 기타 장인(匠人)이라고 소개하며 다른 인격들을 '우리'라고 표현했다. 그렇게 옆에서 의사와의 대화를 듣고 있던 정훈은 의사가 다른 인격들을 불러볼 수 있겠냐는 등 하는 모습을 보고 치료보다는 다른 것에 관심이 있는 듯한 느낌이 강하게 들었다. 그 느낌이 맞는다는 듯 대화를 마친 의사는 정훈에게 치료를 받으면서 윤후의 사례를 연구하고 싶다는 뜻을 밝혔다.

정훈은 자기 아들을 실험 대상으로 보는 듯해 불쾌함을 느껴 일어섰고, 또 다른 병원을 찾았지만 전부 비슷한 반응이었다. 정훈은 세상에 하나밖에 남지 않은 자신의 핏줄을 그런 상황에 놓이게 하고 싶지 않았다.

집에 돌아온 뒤 병원에서 들은 대화와 의사들이 말한 케이스 중 한 명인 '빌리 밀리건'이 앓고 있는 해리성 정체감 장애를 검색했다. 생각보다 많은 기사가 나오자 의외로 비슷한 증상이 많다고 생각하며 그중 하나로 들어갔다.

그는 1978년 연쇄 강간, 폭행, 강도 등 수많은 범죄로 재판정에 섰지만 무죄 판결을 받았다. 무려 24개 인격을 가진 다중 인격 장애와 정신 이상에 의한 범죄로 판단한 것이다. 인격체가 변할 때마다 나이, 성별, 생김새, 성격, 학식이 모두 달랐다.

가짜 연기를 펼친다고 의심한 수사관과 의사들이 갖가지 검사와 취조를 했지만 단순한 연기로는 설명할 수 없는 능력들이 나타났다. 밀리건은 사회 부적응과 불안 증세로 고등학교 중퇴의 학력이었지만, A 인격의 지배를 받으면 아랍어와 아프리카어를 유창하게 구사하고 수학, 물리학, 의학에 정통했다. 그리고 B 인격체가 되면 크로아티아어를 자유자재로 사용했고, C로 변하면 전자 제품 전문가가 됐다.

충격적인 기사의 내용에 입안이 말라왔다. 아닐 거라고 생각하면서도 윤후가 왜 노인처럼 말하고 때로는 영어로 말했는지 이해가 됐다. 깨물고 있는 입술에 핏방울이 고일 정도였지만 느끼지 못한 채 각종 기사와 논문을 찾았다.

논문을 읽을수록 아들과 비슷한 사례들을 볼 수 있었고, 읽어 내려갈수록 정훈의 입술은 메말라 갔다. 그리고 그제야 의사들이 왜 윤후에게 관심을 갖는지도 이해가 됐다. 보통 7년 정도의 시간이 지나야 병명을 진단받는데 윤후의 경우는 너무나도 또렷한 증상을 보였다.

불쾌감과 불안함이 뒤섞인 정훈의 표정에 변화가 일었다.

정훈은 딱딱한 등받이에 몸을 기댄 채 고개를 들어 천장을 쳐다봤다.

“내 아들이 살인자가 될 수도 있단 말이야? 왜… 자폐에 정신병까지…….”

정훈은 불안감에 이틀이나 잠을 잘 수 없었고, 연신 윤후를 보살피며 조사를 했다. 트라우마나 정신적 고통으로 인해 발생할 수 있다는 말에 시골의 펜션까지 대여하여 환경을 변화시켰다. 또한 정신장애에 대해 국내 최고라는 병원들을 찾아다녔고, 심지어는 굿까지 했지만 윤후의 증상은 변함이 없었다. 아니, 오히려 뚜렷해지는 것만 같았다. 그러던 중 병원에서 최면 치료라는 것을 권유받았고, 오늘이 그날이다.

*　　　*　　　*

최면 의학 클리닉이란 곳에 도착한 윤후는 왜 아빠가 자신을 이곳에 데리고 왔는지 알지 못했다. 다만 병원에 대한 안 좋은 기억이 가득했기에 불안한 마음만 들 뿐이다. 병원에 누워 있다가 하늘로 가버린 엄마가 떠올랐기에 두려움이 가득한 눈으로 정훈을 쳐다봤다.

“무서워요. 윤후 무서워요. 아, 아픈 거 싫어요.”

정훈은 윤후의 눈을 보며 아차 싶었다. 그동안 병원을 오가도 별다른 반응이 없었기에 생각지 못했다. 정훈은 자신의 재킷 주머니를 꽉 쥐고 있는 윤후의 손을 잡으며 말했다.

"아빠 아는 사람 만나러 온 거야. 절대 아무 일 없으니까 우리 윤후는 걱정 안 해도 돼. 알았지?"

그럼에도 불안한 윤후는 정훈의 손을 꽉 쥔 채 안으로 향했다. 안으로 들어서자 보통 병원의 진료실과 다른 모습에 살짝 긴장이 풀어졌다. 그때 진료실 안에 있던 의사로 보이는 사람이 다가왔다.

"네가 윤후구나?"

할아버지처럼 보이는 나이든 의사가 다가와 친근하게 대하며 윤후를 의자에 앉혔다. 정훈은 의사에게 인사를 건네며 윤후의 상태를 설명하려 했다.

"선생님, 오늘은 제 아들이 맞는 것 같습니다."

의사는 웃는 얼굴로 고개를 끄덕이며 말했다.

"전화로 충분히 들었습니다. 천천히 얘기하시죠."

의사는 윤후를 앉힌 의자 옆에 자리하며 이런저런 시답지 않은 얘기들을 꺼냈다. 중간중간 심호흡을 시키기는 했지만, 치료를 받는다는 느낌은 들지 않았다. 그에 자연스럽게 할아버지 의사와 대화를 나눌 수 있었고, 정훈도 중간중간 대화에 끼어들었다. 한참을 얘기하다가 의사가 윤후의 어깨를 주무르며 말했다.

"다시 한번 숨을 크게 쉬고 나면 졸릴 거야. 숨을 한 번 크게 쉬어보겠니?"

의사의 말대로 크게 숨을 내쉬자 저절로 윤후의 눈이 감겼다.

"졸리면 자야겠지. 우리 윤후, 편하게 자러 가볼까? 잠이 들어도 이 할아버지 목소리는 들릴 거야."

윤후는 고개를 끄덕거렸다. 그리고 의사의 차분한 목소리가 들렸다.

"마음속에 문이 하나 있을 건데, 이제 그 문을 열고 들어갈 거란다. 문이 보이니?"

윤후는 이번에도 눈을 감은 채 고개를 끄덕였다.

"그럼 이제 그 문을 열고 들어가 보자. 문이 무슨 색이지?"

"하얀색……."

"윤후처럼 깨끗한 색이구나. 그래, 그럼 이제 들어가 볼까?"

윤후는 하얀색 문을 열고 방으로 들어갔다.

"자, 이제 방에 들어갔으니까 가운데 윤후가 쓰던 침대가 있을 거야. 찾아보겠니?"

그 순간, 윤후는 고개를 끄덕이다 말고 갑자기 거칠게 숨을 뱉었다. 의사는 인상을 쓰고 있었지만 차분한 말투로 다시 말했다.

"걱정하지 마. 아빠하고 이 할아버지가 옆에 있으니까. 숨을 다시 크게 쉬고 나면 윤후는 높은 곳에서 방 안을 쳐다보고 있을 거야. 숨을 크게 쉬어보자."

윤후는 거친 숨을 가다듬으며 크게 내쉬었다. 그 모습을 본 의사가 고개를 끄덕이며 말했다.

"이제 방 안에 보이는 것을 말해볼래?"

"사람들… 사람들이 보여요."

"사람들이 많이 있나 보구나. 몇 명인지 보이니?"

"다섯 명이요."

"그 사람들도 좀 전에 윤후를 봤니?"

윤후의 입술이 가늘게 떨리며 숨이 거칠어졌다. 대답 없이 눈꺼풀을 파르르 떨기 시작했다. 의사는 뒤에 서서 걱정스럽게 쳐다보고 있는 정훈을 봤다.

"오늘은 이만하는 게 좋을 것 같……."

조용히 말하는 의사의 말이 끝나기 전에 윤후가 떨리는 목소리로 말했다. 평소와 달리 어눌한 말투가 아니라 또래의 보통 아이들 같은 말투였다.

"지금도요. 지금도 고개를 들어서 다 저를 보고 있어요."

의사의 얼굴이 구겨졌지만 치료를 위해 조심스레 말했다.

"아는 얼굴이 있나?"

"잘 모르겠어요. 지금 절 보고 손을 흔들고 있어요."

의사의 표정이 더 이상 일그러지지 못할 정도로 구겨졌다.

그리고 스스로를 안정시키려는 듯이 숨을 크게 내뱉고 윤후를 향해 말했다.

"자, 숨을 크게 쉬고 나면 방에서 나올 수 있을 거고, 방에서 나오면 잠에서 깰 거야. 숨을 크게 쉬어보자."

윤후는 의사의 말에 따라 크게 숨을 쉬었고, 동시에 눈을 떴다. 의사는 깨어난 윤후의 머리를 쓰다듬었다.

"괜찮아. 자, 이 할아버지 따라서 숨을 쉬어볼까?"

윤후는 호흡을 따라 하며 혼란스러운 얼굴로 의사를 쳐다봤다. 그러자 의사는 안심시키려는 듯 미소를 지으며 말했다.

"많이 놀랐니?"

윤후는 어리둥절하며 주위를 살펴 아빠를 찾았다. 그러자 옆에서 지켜보고 있던 정훈이 윤후의 손을 잡으며 말했다.

"사람들이 보였어? 아는 사람은 아니고?"

윤후는 대답하지 않았다. 그러나 일그러짐과 당혹스러움이 얼굴에 한가득 담겼다. 정훈은 걱정스러움에 의사를 바라봤지만, 의사는 고민하더니 잠시 후 입을 열었다.

"기억하기 싫은 건 기억하지 않아도 되니까 우리 그만 쉴까?"

그때, 윤후가 입을 열었다.

"63세 이건술 전 기타 공방 장인, 32세 유동호 전 보컬트레이너 현직 백수, 41세 배성철 전 JB스튜디오 음악 감독, 39세

에릭 제임스 전 사진작가, 15세 딘 카터 소매치기."

의사의 얼굴에 잠깐 당혹감이 스쳐 지나갔지만, 안심시키려는 듯 다시 미소를 지으며 입을 열었다.

"대화도 나눴니?"

윤후는 의사를 쳐다보며 고개를 저었다. 그러자 의사는 의문스러운 얼굴로 다시 물었다.

"그럼 어떻게 알았어?"

윤후가 의사를 쳐다보며 울먹이는 얼굴로 입을 열었다.

"들려요."

정훈은 손에 땀이 찰 정도로 자신도 모르게 주먹을 꽉 움켜쥐고 있었다. 그 옆에 있는 의사 역시 당혹스러움을 감추려는 얼굴이다.

"무슨 말을 들은 거니? 아주 잠깐이었는데."

윤후는 고개를 저었다.

"그럼 어떻게 알았어?"

의사의 물음에 윤후는 인상을 쓰며 말했다.

"들려요. 지금도 계속 의사 할아버지 질문에 대답하고 있어요."

"누가 대답하고 있어?"

"다섯 명 전부요."

정훈은 혹시 그 다섯 명 중에 살인자의 인격체가 있지 않을까 하는 걱정이 더 짙어졌다.

"이건술 할아버지는 기타 만드는 사람인데 아파서 그만뒀대요. 그리고 잠깐만요. 한 사람씩 말해요."

대화를 하듯 말하는 윤후를 보며 정훈은 걱정스러운 얼굴로 바라보았다. 저렇게 똑 부러지게 말하는 아이가 아니었기에 다른 인격체가 아닐까 조심스럽게 관찰했다.

"백수 아저씨는 인터넷 서핑이 전문이래요. 담배 있냐고 그러네요."

"그 사람들이 직접 말해주고 있니?"

"그러기도 하고요, 서로 다른 사람들이 얘기해 주기도 해요."

정훈과 의사는 오히려 아무렇지 않게 말하는 윤후가 걱정되었다.

"윤후야, 괜찮아? 혹시 머리가 아프다거나 울렁거린다거나 그렇진 않아?"

"그러게요. 그냥 익숙한 기분이에요. 이상하네."

윤후는 잠시 생각하더니 이내 피식 웃으며 입을 열었다.

"그리고 할아버지가 그러는데, 아빠가 생각하는 그런 놈은 여기 없대요."

그 말을 들은 정훈은 걱정스러운 건 매한가지지만, 그래도 한숨 돌린 얼굴이었다. 그리고 윤후를 보다 말고 깜짝 놀랐다.

'웃고 있어? 우리 아들이 웃었어?'

* * *

평일임에도 불구하고 초등학생인 윤후는 침대에 엎드린 채 머리를 부여잡고 있었다. 침대 옆에 앉아 그 모습을 보는 정훈의 얼굴에는 안쓰러움이 가득했다.

'여보, 나 잘한 거겠지?'

윤후의 증상은 날이 갈수록 심해졌고, 그런 윤후를 학교에 보낼 수 없었다. 그래서 자퇴를 하려 했지만 초등학교는 자퇴가 불가능했다. 결국 어쩔 수 없이 홈스쿨링을 하기 위해 정원 외 관리 신청을 했지만 옳은 선택이었는지 걱정되었다.

정훈은 웅크리고 있는 윤후의 머리를 조심스럽게 쓰다듬었다. 어떤 고통인지 전혀 알 수 없었기에 안타까움은 더 컸다. 그리고 병원에 가봤자 아무런 도움도 되지 않았기 때문에 할 수 있는 일이라곤 이렇게 옆에서 쓰다듬어 주는 것밖에 없었다.

"윤후야, 머리 아프니?"

그런 정훈의 마음을 전혀 모르겠다는 듯이 윤후는 웅크린 채 대답을 하지 않았다. 정훈은 조금이라도 고통을 덜어주고 싶은 마음에 윤후가 학교에서 배운 노래를 조용히 불렀다.

우리 아기 불고 노는 하모니카는 옥수수를 가지고서 만들었어요

윤후가 병원에 있는 엄마에게 갈 때마다 불러준 노래였다. 그 노래를 작게 불러줬을 뿐인데 웅크리고 있던 윤후가 몸을 풀고 쳐다봤다.

"왜 그래? 괜찮아?"

정훈이 노래를 멈추자 다시 윤후의 작은 얼굴이 일그러졌다.

"아빠, 조금 더 불러주세요."

"그래, 알았어. 그래."

또박또박 말하는 윤후의 목소리에 살짝 놀랐지만 정훈은 다시 노래를 시작했다.

옥수수 알 길게 두 줄 남겨 가지고……

정훈은 노래를 부르며 윤후의 반응을 살폈다. 확실히 노래를 듣는 동안 윤후는 평온해 보였다.

동요이기에 노래는 짧았고, 노래를 마친 정훈은 다시 윤후를 조심스레 살폈다. 윤후의 표정은 일그러지거나 고통스러워하는 얼굴이 아니었다. 단지 의아해하는 얼굴이었다. 그러고는 갑자기 일어나 앉더니 정훈이 부른 '옥수수 하모니카'를 처음부터 다시 불렀다.

정훈은 갑작스레 노래를 부르는 윤후를 그냥 바라만 봤다. 평소에도 자주 그랬기에 이상하게 생각하지 않았다. 그렇게 노래는 금방 끝났지만, 윤후의 표정은 그대로였다. 윤후의 또 다른 변화에 정훈이 걱정스러운 얼굴로 입을 열려고 할 때였다.

"언제 들어봤어요?"

자신과 하는 대화는 분명 아니었기에 가만히 지켜봤다.

"여름이요? 어디에서요?"

윤후가 안에 생겨난 인격들과 대화를 나누는 모습이다. 그리고 그 모습을 정훈은 초조하게 지켜보았다.

"아, 그럼 다들 엄마랑 같은 병원에서 들어본 거네요? 그런데 왜 제 안에 있는 거예요?"

지켜보는 정훈의 손에 땀이 흥건히 차올랐다. 병원에서는 해리성 정체감 장애라는 진단을 받았고, 무당에게는 빙의 현상이라고 들었다. 원인이라도 안다면 윤후가 이 거지 같은 병에서 벗어날 수 있을 것이라고 생각했다.

"그래요? 가요는 잘 모르는데……."

무슨 말을 들었는지 윤후의 얼굴이 조금은 편안해 보였다.

정훈은 궁금해 미칠 지경이었지만 자신이 껴서 혹시나 초를 칠까 걱정되었기에 가만히 지켜봤다. 그리고 윤후는 잠시 고민하다가 엄마가 자주 부르던 '기대'라는 노래를 불렀다.

"난 오늘도 그대를 기다려요."

어느새 일어서서 노래를 시작한 윤후의 모습은 진지했다. 아직 변성기가 안 온 맑은 목소리는 마치 은쟁반에 옥구슬이 굴러가는 소리 같았다. 윤후는 노래를 마치고 가만히 선 채로 웃으며 뒷머리를 긁적였다.

"배운 적 없어요. 숨 쉬는 거요? 숨 쉬는 게 어려운가? 그냥 쉬면 되는 거 아니에요?"

윤후는 고개를 끄덕거리며 숨을 들이마셨다. 그리고 천천히 내뱉고 다시 마셨다. 어떨 땐 짧은 간격으로, 어떨 때는 숨을 멈춘 듯이 길게 천천히. 그러고는 배시시 웃으며 말했다.

"알았어요. 다 배우면 가는 거죠?"

* * *

정훈은 직접 운영하던 가구 공방을 닫은 채 윤후를 돌봤다. 한 달이 지난 지금, 윤후에게도 약간의 변화가 있었다. 처음과 달리 더는 웅크리고 있지 않았다. 그렇다고 좋아할 수만은 없었다. 연신 중얼거렸고, 항상 노래를 불렀다.

"아빠."

"응?"

"새로운 노래 좀 넣어주세요."

웃으며 내민 손에는 하얀색 MP3가 들려 있었다.

"벌써 다 들었어?"

일주일 전에 분명 MP3에 50곡이 넘게 담아줬다. 다 듣기만 해도 하루 종일 들어야 할 터인데, 그동안 봐온 바로는 그냥 듣기만 하진 않았을 것이다. 혹시 매일 밤을 새우는 것은 아닌가 하는 생각에 윤후의 얼굴색을 살폈지만 안색은 오히려 전보다 좋아 보였다.

"아들, 혹시 담아준 노래 다 외운 거야?"

혼자 중얼거리던 윤후는 무표정인 얼굴로 대수롭지 않게 말했다.

"네, 그리고 이번에는 좀 많이 담아 달래요. 지금은 일단 많이 듣는 게 좋대요."

윤후가 노래 부르는 것을 좋아하지만, 또래 아이들과 조금 다른 아이였다. 자신조차도, 아니, 일반 성인도 50곡을 일주일 만에 외우지는 못할 것 같았다. 혹시 아내처럼 뇌에 문제가 생겼나 하는 생각도 들었지만 금세 털어냈다. 며칠 전 건강검진에서 몸에는 아무런 이상이 없던 것이 떠올랐기 때문이다.

정훈은 윤후의 변화가 좋은 것인지, 아니면 해리성 증상이

심해지는 것인지 분별이 되지 않았지만 일단 확인이 필요했기에 MP3에서 아무 곡이나 고른 뒤 물었다.

"아들, 혹시 '꿈같은 하루' 불러볼래?"

설마 하는 마음으로 시켰는데 윤후는 아무렇지도 않게 노래를 시작했다. 그 순간 윤후 앞이라 내색하지는 않았지만 사실 정훈은 경악하고 있었다. 혹시나 아는 곡 중 하나를 우연히 골랐나 싶어 다른 노래들도 물어봤지만 윤후는 역시나 아무렇지도 않게 다 불렀다.

정신을 차려보니 노래를 마치고 칭찬을 원하는 눈으로 자신을 쳐다보고 있는 윤후가 보였다. 마치 어렸을 때 장난감 블록을 다 맞춘 뒤 자랑스레 쳐다보는 것 같은 얼굴이었다. 옛날 생각이 난 정훈은 자신도 모르게 피식 웃으며 걱정을 털어내려는 듯 한숨을 내쉬었다.

"아들, 너무 무리하면서 하면 안 돼. 알지? 약속해."

"네, 재밌어요. 노래 부를 때만큼은 다들 조용해서 더 좋아요."

* * *

거실 소파에 앉아 정훈은 윤후의 손을 잡고 화를 내고 있었고, 윤후는 그 앞에서 고개를 숙인 채 울먹이고 있었다.

"오윤후, 이게 뭐야? 아빠가 뭐라 그랬지?"

"죄송해요……."

화를 내려 한 것은 아니었다. 사실 지금도 윤후에게 화를 내는 것은 아니었다. 윤후를 부추기는, 윤후 안에 있는 인격들에게 하는 소리였다.

"이게 뭐야? 손끝이 전부 새빨갛잖아!"

정훈은 한숨을 내쉬며 윤후의 몸을 이리저리 살폈다.

"이 녀석, 팔뚝 봐! 피멍까지 들었네. 안 되겠어. 기타 압수야!"

"아, 아빠, 죄송해요. 앞으로 조금만 칠게요."

일주일 전, 정훈은 윤후의 부탁으로 싸구려 어쿠스틱 기타를 사다 줬다. 자기 몸보다 조금 작은 기타를 안아 들고 좋아하는 모습 때문에 가만히 내버려 둔 것이 실수였다.

아직은 어색한 윤후의 기타 소리를 들으며 저녁을 준비하던 중 이상함을 느꼈다. 거실을 보니 손끝에 입김을 불고 있는 윤후가 보였고, 다가가서 윤후의 손을 보고 깜짝 놀랐다.

"기타 이리 가져와."

윤후는 기타를 뺏기지 않으려 꼭 안은 채 고개를 숙여 정훈의 시선을 피해 버렸다. 그 모습을 본 정훈은 기타를 뺏으러 손을 내밀다 말고 그만 웃어버렸다.

"아들, 그럼 약속해. 일단 손가락 부은 거 가라앉을 때까지는 치지 않기로."

윤후는 고개를 빠르게 끄덕였다. 정훈은 그 모습에 다시 한 번 피식 웃어버렸다. 조금씩 얼굴에 감정을 표현하는 것이 기특해서 윤후의 머리를 쓰다듬으며 말했다.

"잠깐 줘봐."

"왜요?"

"너무 큰 거 같아서. 몸통 좀 깎으면 좋겠는데… 아빠가 깎아줄게."

윤후가 소스라치게 놀라며 기타를 잡아당겼다.

"건들면 안 돼요!"

"왜? 너무 커서 팔뚝까지 멍들었잖아. 아빠가 가게 가서 다시 예쁘게 깎아다 줄게."

"안 돼요. 막 만지면 울림이 변해요."

그런 것까지 알지 못한 정훈은 머쓱해졌다. 단지 아들의 팔뚝에 생긴 멍이 신경 쓰였다.

"그래? 그럼 어떻게 한담?"

윤후가 배시시 웃더니 벌떡 일어나 안방으로 들어갔다. 잠시 후 나타난 윤후의 모습에 정훈은 크게 웃고 말았다. 가구 공방에서 사용하느라 사놓은 두꺼운 팔 토시를 착용하고 서 있었다. 팔 토시를 겨드랑이까지 올려 차고 해결됐다는 얼굴로 자신을 쳐다보는 것이 귀여웠다.

"하하, 그러면 되겠네. 그렇게 치고 싶어?"

"네! 너무 재밌어요! 아저씨들도 저한테 엄청 잘한다고 그래요. 히히."

해맑게 좋아하는 윤후의 모습에 씁쓸하기도 했지만, 이렇게 웃으며 똑바로 말하는 윤후가 신기하기도 했다. 인격인지 빙의인지 모를 현상 때문인지 윤후의 말투는 더 이상 어눌하지 않았고, 항상 무표정하던 얼굴에도 표정이 하나둘씩 생기기 시작했다.

*　　　*　　　*

다음 날.

정훈은 거실에서 서성거리며 기타를 치고 있는 윤후를 살폈다. 무엇 때문인지 윤후를 쳐다보고 고개를 젓다가 다시 쳐다보기를 반복했다.

"아빠, 왜 그렇게 왔다 갔다 하세요?"

윤후의 물음에 서성거림을 멈췄다. 마주친 눈빛을 보니 아무래도 자신이 착각한 듯싶었다. 그렇지만 만에 하나라는 생각으로 조심히 물었다.

"윤후야, 아빠 담배 손댔어?"

물어보고서도 말도 안 된다는 생각에 허탈하게 웃고 말았다. 이제 열 살인 아이인데 자신이 착각했다고 생각하며 소파에 털썩 주저앉았다. 한데 윤후의 반응이 이상했다.

"저는 잘 모르겠는데요, 자고 일어나면 저한테 아빠 냄새가 나긴 해요."

아빠 냄새가 담배 냄새를 말하는 걸 알고 있다. 윤후가 저렇게 말하는 것으로 봐서는 자신은 모르는 일 같았다. 그러자 문득 떠오른 생각에 머리가 아파왔다. 전에 윤후가 자신의 인격들을 설명해 주었을 때 백수라고 소개한 놈이 분명했다. 골초라고 그랬으니까 말이다. 정확히 말하면 윤후가 말해준 것은 아니었다.

처음에는 잠들었던 윤후가 얼마 지나지 않아 일어나서 거실로 나가는 것을 봤을 때 몽유병인 줄만 알았다. 하지만 그 상태의 윤후와 대화를 나눠보니 다른 인격의 인물이었다. 가장 처음 대화를 나눈 인물은 이건술이라는 노인이었는데, 오히려 오래 있지 않을 것이라며 정훈을 위로해 주었다. 그리고 자신 외의 나머지 인격들의 특징을 설명해 주었는데, 그중 영어로 말하는 사람과 껄렁껄렁한 골초 놈만 조심하면 될 것이라고 했다.

"아들, 그 백수 새끼, 아니, 백수 아저씨한테 말 좀 해줄래?"

"백수 아저씨가 왜요?"

"아니지. 전부 다한테 전해줄래?"

정훈은 화를 가다듬으며 윤후를 향해 미소를 지으려 애썼다.

"한 번만 더 담배를, 아니, 아빠 냄새 나게 만들면 기타도 압수, MP3도 압수한다고 말해줄래?"

"네? 싫어요!"

흥분하면서 말하던 정훈은 윤후의 반응을 본 순간 아차 싶었다. 윤후가 좋아하는 것을 협박 카드로 내민 것이 실수였다. 오히려 백수 새끼가 웃고 있을 것만 같았다.

"윤후야, 안 뺏어. 걱정 마. 혹시 목수 할아버지도 듣고 있니?"

"네, 아까부터 뭐 하나 구해다 주면 책임지고 맡겠다고 말하고 계셔요."

"그래? 뭔데?"

분명 기타 같은 것으로 생각했기에 크게 걱정되지 않았다. 무엇이 필요한지 들어봐야 하겠지만 목수 할아버지는 그나마 믿을 만했기에 편안한 마음으로 윤후의 말을 기다렸다.

"컴퓨터 한 대랑 프로툴이란 프로그램을 사주면 된대요."

"그래?"

컴퓨터란 말에 안방에 있는 컴퓨터를 주면 될 것 같았고, 프로그램이라 해봤자 얼마 안 할 것이라 생각했다. 그 정도야 아들을 위해서라면 충분히 해줄 수 있었다.

"아빠, 안방 똥컴은 안 된대요. 최고 사양으로 사줘야 한대요."

"그, 그래? 하하! 안 그래도 그러려고 그랬지. 그런데… 아빠가 의심해서 그런 게 아니라 할아버지가 컴퓨터도 써?"

"아, 그게 아니라 할아버지가 다들 필요하다고 하는 걸 말한 거예요. 한꺼번에 다 말할까요?"

"아니야. 괜찮아. 그거 두 개 구해줄게."

당황하긴 했어도 똑바로 말하는 아들과의 대화가 행복했다. 정훈이 웃으며 일어서려 할 때였다.

"아빠, 600불이면 얼마예요?"

"응? 그건 왜? 한 70만 원 정도 할 거야. 갑자기 그건 왜?"

"아, 비싸구나. 프로툴이 그 정도 할 거라 해서요."

"응? 7만 원이 아니라? 잘못 들은 거 아니야?"

자신이 잘못 들은 것 같았다. 프로그램 하나에 무슨 70만 원이나 할까 하는 생각에 분명 잘못 들었다고 생각했다.

"그게 뭐 하는 건데?"

"작곡하는 프로그램이래요."

"작곡? 노래 만드는 거? 아들, 노래 만들 줄 알아?"

"아니요. 아직요. 근데 금방 배울 거랬어요."

"정말 600불이래? 아빠가 알기로는 기타 하나 가지고도 작곡하고 그러던데……."

"음, 아저씨들이 그거 사주기 싫으면 드럼이랑 피아노랑 악기 전부 사달래요."

굳이 계산을 안 해봐도 70만 원이면 그게 더 싸게 먹힐 것 같았다.

"그럼 정말 그거 사주면 약속 지키는 거냐고 물어봐 줄래?"

"그러신대요. 무슨 약속이에요?"

"하하, 아니야. 알았어. 아빠가 알아보고 사다 줄게."

일단 약속은 받았는데 뭔가 불안했다. 앞으로도 무언가가 많이 필요할 것 같은 기분이 들었다.

*　　　*　　　*

10년 후.

파스텔 톤 방 안 침대에 누워 있는 윤후는 머리끝까지 덮고 있던 이불을 걷어냈다. 퀭한 눈으로 천장을 바라보고 있는 윤후의 입에서 나이와 어울리지 않는 깊은 한숨이 나왔다.

"아, 담배 냄새! 백수 아저씨, 나와 봐!"

방 안에 밴 담배 냄새 때문인지 코를 막으며 아무도 없는 방 안에서 혼잣말을 했다.

"분명 난 나오라고 했다. 안 나오지?"

침대에 걸터앉아 등까지 내려오는 머리카락을 익숙하게 묶었다. 코를 막은 채 주섬주섬 일어나 책상 서랍을 뒤적거렸다. 그리고 침대로 돌아온 윤후의 손에는 담뱃갑이 들려 있었다.

"난 분명 말했어."

이 모습을 누군가 봤다면 분명 미쳤다고 할 만한 상황이었다. 윤후는 담뱃갑에서 담배 한 개비를 꺼내 분질렀다. 그리고 계속해서 몇 개비를 더 분지르고 마지막으로 남은 한 개비를 꺼내며 말했다.

"아저씨, 정말 안 나올래?"

윤후가 무표정으로 담배를 잡은 손에 힘을 줄 때였다.

—알았어! 알았다고! 아, 이 쪼끄만 놈이 협박하는 것만 배웠어!

그제야 피식 웃으며 손에 쥐고 있던 담배 한 개비를 담뱃갑 안에 집어넣고 다시 드러누웠다.

"그러니까 나오랄 때 나오지 왜 버텨? 방에서만 피우지 말라고 몇 번이나 말해?"

—어휴, 잔소리 좀 작작 해라.

"됐고! 아저씨, 내가 잘 때 담배 피우지 말랬지. 방에서 꼬랑내 난다고."

—분명히 페브리즈 뿌렸는데…….

"진짜 한 번만 더 담배 피우기만 해봐. 나 병원에 들어가 버릴 거니까."

—킥킥.

—허허허허.

"다들 웃을 때가 아닐 텐데?"

윤후는 베개 밑으로 손을 집어넣었다가 빼냈다. 빼낸 손에 들린 검은색 가죽 지갑을 보며 인상을 썼다. 이어 한숨을 내쉬며 말하는데 놀랍게도 입에서 영어가 나왔다.

"딘, 이거 뭐야? 아빠 거 같은데?"

—그, 그게… 잘못했어. 나도 모르게…….

"그리고 할배, 내가 책상 건들지 말라고 했잖아! 하도 깎아서 동그래지겠어!"

—험험, 튀어나온 부분만 살짝 다듬는다는 것이…….

윤후가 인상을 쓰며 지갑을 책상 위로 집어 던질 때 안에서 또 다른 울림이 있었다.

—저 못 배워먹은 검둥이 놈!

—저 도둑놈의 새끼!

—딘 좀 그만 혼내. 다들 똑같은 놈들끼리… 흠흠, 노래나 좀 틀어봐라. 우리가 만들던 곡으로.

소년은 울리는 말소리에 두 손으로 머리를 잡으며 소리쳤다.

"시끄러워! 머리 울리니까 한 사람씩 말해!"

윤후는 자신도 모르게 소리를 치다 말고 입을 막으며 조심스레 방문을 살폈다. 역시나 다급하게 달려오는 소리가 들리더니 방문이 벌컥 열렸다.

"윤후야, 왜 그래?"

정훈이 다급하게 들어오자 윤후는 머리를 손가락으로 가리키며 머쓱하게 웃었다.

"죄송해요. 아침부터 떠들어대서요."

"정말 괜찮은 거야? 어우, 담배 냄새. 이 백수 놈의 새끼가 또 방에서 담배 피웠나 보네. 진짜 영감도 못 믿어. 약속을 안 지켜요."

정훈은 화내는 목소리와 달리 이런 상황이 익숙한 듯 창문을 열며 방 안을 훑어봤다.

"책상은 또 왜 저래? 도대체 공구도 없이 뭐로 깎았기에 이리 매끈한 거야? 참나, 이거 또 구라쟁이 영감 짓이지?"

정훈은 쭈그려 앉아 책상 모서리를 쓰다듬었다. 윤후는 그 모습을 보고 피식 웃었다.

"웃기는… 아들이 관리를 잘해야지. 아빠가 말한 대로 얼차려도 주고 말이야. 군기 바싹 들게."

"후, 이 근육 안 보이세요? 저 잘 때 도대체 무슨 운동을 얼마나 하는지 상상도 안 가요."

"……."

윤후는 자신의 팔을 부러운 눈으로 보는 정훈을 보고 웃었다. 그러고는 책상 위에 놓아둔 지갑을 가리키며 말했다.

"잘 때 딘이 또 아빠 방에 들어갔나 봐요."

"괜찮아. 그럴 거 같아서 비운 지갑 놔뒀거든."

대수롭지 않게 어깨를 으쓱하는 정훈을 보고 윤후는 머리를 긁적이며 말했다.

"그럴 거 같아서 다른 지갑을 가져왔다고 하네요."

그제야 책상 위에 놓인 지갑을 쳐다보고 인상을 썼다. 자폐증 진단을 받은 아이가 이렇게 바뀔 줄은 생각도 못했다. 다만 부작용 같은 것이 있을 뿐. 정훈은 지갑을 앞치마에 대충 넣으며 말했다.

"아들, 아침 먹고 치우는 거 잊지 말고."

"아빠는 안 드세요?"

"어제 책장 세트 주문 들어왔거든. 빨리 만들어 달라더라."

"일요일인데 나가시려고요?"

"아빠 걱정은 하지 말고, 밥이나 꼭 먹어."

정훈은 책상 위에 놓인 탈취제를 방에 뿌리고 엄지를 치켜세운 뒤 방을 나갔다. 윤후는 정훈이 나간 문을 보곤 피식 웃으며 다시 침대에 드러누웠다.

*　　　*　　　*

윤후는 점심이 다 되어서야 거실로 나와 씻지도 않은 채 식탁에 앉았다. 그리고 평소대로 TV를 켜며 식사를 시작했다. TV에는 복명가황이라는 프로가 나오고 있었다.

"말하지 마요. 이번에는 기필코 내가 누군지 맞힐 테니까."

—강진수네. 저 사람은 가수 몇 년 차인데 아직도 호흡이 정리가 안 되냐.

"말하지 말라니까!"

—어떻게 모른 척해? 저렇게 티 나는걸.

"잘나셨어요. 어휴, 절대음감 이런 거 말고 절대눈치 이런 거나 하시지."

윤후는 인상을 쓰며 TV로 시선을 돌렸다. 처음에는 음악 프로를 보며 평론가처럼 설명해 주는 것이 신기하기도 했다. 하지만 10년이란 세월 동안 아는 척이 반복되자 한 귀로 듣고 한 귀로 흘리게 되었다.

—저런 애들보다 네가 훨씬 잘 부르는데.

윤후는 음악 감독의 인격을 가진 배성철의 말에 기분이 좋은 듯 피식 웃었다.

"10년 내내 노래 부를 때마다 참견하는데 못 부르면 이상하죠."

윤후의 기분을 느꼈는지 인격들은 또다시 한꺼번에 말을 뱉기 시작했다.

—그래, 가수 하자!

—얼른 가수 되어서 돈 벌고 카메라 좀 사자.

—허허, 가수 되면 기타 공방 차리는 건 어떻게 생각하느냐?

—근데 왜 가수가 꿈이라면서 방구석에만 있는 거야?

윤후는 울리는 소리에 머리를 부여잡고 인상을 쓰며 소리쳤다.

"시끄럽다고! 그리고 내가 가수 하고 싶어도 못하는 건 다 당신들 때문이잖아!"

—우리가 뭐?

"나 남들한테는 미친놈이거든? 정신병 환자! 내가 누구 때문에 학교도 못 다니고 친구도 없는데?"

—그거야… 우리가 친구잖아?

"에이, 친구는 개뿔."

—개, 개뿔?

—사과해라. 개뿔은 너무했어. 기타도 알려줘, 노래도 알려줘, 작곡도 알려줘, 개뿔은 아니지.

"하, 빨리들 가버려요. 맨날 간다 간다 하면서 벌써 10년이야."

—진짜 간다! 우리 없다고 질질 짜지나 마!

윤후는 손가락으로 귀를 막으며 고개를 흔들었지만, 소용이 없는지 한숨을 내쉬며 TV 채널을 이리저리 돌렸다. 오늘따라 이상하게도 돌리는 케이블 방송마다 음악 프로가 나오고 있었다. 채널 돌리는 것을 멈춘 윤후는 TV에 나오는 가수를 부러운 눈빛으로 지그시 바라봤다.

'나도 다른 사람들 앞에서 노래 부르고 싶다.'

음악을 들으면 들을수록, 노래를 부르면 부를수록 가수에 대한 꿈이 커졌다. 하지만 윤후에게 있어서 가수라는 꿈은 말 그대로 꿈일 뿐이었다. 평상시에는 인격들의 울림에 대꾸를 안 하면 아무도 모를 테지만 잠이라도 든다면, 아니, 졸기라도 한다면 어떤 일이 벌어질지 알 수 없기에 포기할 수밖에 없었다. 그리고 가수뿐만이 아니라 정신병이란 문제 때문에 사회생활 자체가 무리였다.

'하, 저 인간들 때문에 이게 뭐야. 가르쳐 주지나 말든가.'

―다 들린다.

"아오! 속마음 좀 듣지 마요!"

―들리는 걸 어쩌란 말이냐.

"진짜 뭐 도움 되는 게 없어! 차라리 막 요리사나 주식하는 사람들… 그 뭐라 그래?"

―애널리스트.

"그래, 애널리스트! 대답하지 마! 아무튼 그런 사람들이면 돈이라도 벌지!"

―훔치면 되잖아. 내가 많이 훔쳐 줄게.

"한마디만 더 해. 병원에 입원하는 수가 있으니까. 나 잘 때 움직이면 묶어놓는 간호사 알지?"

말이 끝나기가 무섭게 아무 소리도 들리지 않자 그제야 한숨을 쉬며 식탁에서 일어섰다.

*　　　*　　　*

컴퓨터 앞에 앉은 윤후는 턱을 괴고 멜로디를 찍으며 흥얼거렸다.

—하, 또 기타로 찍고 앉았네. 건반으로 찍으라니까.

"좀 냅둬요. 각자의 스타일이 있는 거잖아요."

—인마, 건반이 기본이라니까!

"하, 기본은 하잖아요. 그냥 건반보다 기타 소리가 더 좋아요. 그리고 어차피 변환하면 되잖아요."

—으, 저 똥고집.

"그나저나 아저씨, 정말 녹음실에서 녹음하면 음원처럼 들려요?"

—당연하지. 내가 알려주는 대로만 하면 완벽하지. 어때? 우리 곡들 들어보고 싶지?

집에서 녹음을 해봤지만 장비가 부족한 탓인지 마음에 들지 않았다. 가수는 못하더라도 제대로 녹음한 CD 한 장은 갖고 싶었다.

시퀀서 프로그램을 닫고 검색창에 녹음실을 입력했다. 대부분 본 곳이지만 언제나 그렇듯이 맨 위 사이트부터 차례차례 구경하기 시작했다. 대여비부터 안내 글까지 모두 외울 기세로 모니터를 보던 중이다.

—여기 괜찮네. 엔지니어 없이 대여하면 가격 싸게 해주네. 그럼 이틀이면 여섯 곡 정도 녹음할 수 있을걸?

"싸도 50만 원이네. 그림의 떡이에요."

—우리 아빠한테 달라고 그래라. 다 해주잖아.

이제는 염치도 없었다. 알바를 하고 싶어도 할 수 없었고, 이 상황의 원흉인 인격들의 목소리가 들리자 짜증이 솟구쳤다.

"참나, 왜 우리 아빠예요, 내 아빠지?"

—우리는 한 몸이니까. 그럼 뭐라 그러냐? 오 씨? 오 사장? 저 양반? 골라라.

"됐어요."

윤후는 비싼 가격에 인상을 쓰면서 생각했다.

'50만 원이라… 꽤 비싸네. 매번 죄송한데.'

—죄송하긴. 너 그래놓고 가끔 우리 팔아먹잖아.

"아, 좀 조용해요."

기타 장인 할아버지가 깎아놓은 매끈한 책상 모서리를 문지르며 고민했다.

'말이라도 해볼까?'

—봐. 결국 아빠한테 사달라고 할 거면서.

"아, 속마음 읽지 말라고!"

—킥킥킥킥.

—허허허.

* * *

윤후는 모니터를 보며 정훈에게 녹음실에 관해 설명했다.

"괜찮죠?"

"괜찮은 것 같네. 설마 이렇게 차려달라는 건 아니지?"

그랬으면 좋겠다는 생각도 있었지만, 스스로 생각해도 무리였다.

"그래서 그런데……."

정훈은 윤후가 무엇인가를 부탁할 때마다 눈썹을 쓰다듬는 것을 알기에 지금도 설마 저 화면에 보이는 뭔가를 사달라고 하는 것은 아닐까 하는 걱정부터 들었다.

"저 50만 원만 빌려주시면 안 될까요?"

"뭐, 50만 원? 안 되지! 저번에도 작곡 프로그램인지 뭔지 바꾼다고 돈 가져갔잖아."

불과 한 달도 안 된 일이다.

"저 기타들 팔아. 치지도 않으면서. 아빠가 팔아줘?"

윤후는 정훈의 손이 가리키는 곳에 있는 기타를 보니 불현듯 좋은 생각이 떠올랐다.

"아빠, 저거 할아버지가 비쌀 거라고 했어요."

"아빠가 뭐라 그랬지? 구라쟁이 영감님 말 믿지 말라고 했잖아. 기타 만들어서 한 번도 안 팔아봤다면서 뭐가 비싸. 취미로 대충 만들었으면서."

윤후는 정훈이 장인 할아버지를 왜 저렇게 싫어하는지 알기에 머쓱해했다.

"말만 해. 찾아보니까 수제 중고 기타 십만 원 정도에 팔더라."

"안 돼요. 저거 전부 다 소리가 다르다니까요. 안 팔아요."

"그럼 비싸봤자 소용없지."

정훈이 처음 사다 준 기타를 제외하고는 모두 윤후가 만든 기타였다. 정훈이 가구 공방을 차린 지 얼마 안 되어 윤후를 데리고 다닐 때, 나무를 본 장인 할아버지는 윤후에게 기타 만드는 법을 알려주었다.

그 뒤로 일 년에 한 대씩 만든 기타가 모두 다섯 대였다. 비록 장인 할아버지의 꼬임에 넘어가 시작했지만, 일단 기타를 좋아했기에 직접 만든 기타의 소리도 궁금했다. 게다가 기타 줄을 비롯해 몇몇 부분을 제외하고는 전부 직접 만들었기에 애정이 컸다.

"그럼 혹시 아빠 공방에서 알바하며……."

"안 된다, 아들아. 너 또 나무 훔쳐가려고 그러지? 저번에 자작나무 가져갔잖아. 아, 그거뿐만이 아니지. 작년에 침대 만들 단풍나무도 가져다가 고작 저 얇은 뒤판 하나 만들고 다 버렸지. 절대 안 돼!"

전에는 윤후가 말만 하면 무엇이든 다 해줬는데 이제는 씨알도 먹히지 않았다. 그동안 너무 많이 시달린 것 같았다. 윤후도 자신이 한 일이 있기에 뭐라 대꾸하지 못했다. 그래서 기타를 파는 것 말고는 도무지 다른 방법이 떠오르지 않았다.

"그럼 공방에 남는 하얀색 셀락 좀 써도 돼요?"

"기타 새로 칠해서 팔려고? 그냥은 안 되지."

"셀락 싸잖아요."

"가격이 문제가 아니지."

이런 적은 처음이다. 지금까지는 항상 말만 하면 다 해주던 탓에 윤후는 지금 이 상황에서 어떻게 해야 할지 난감했다.

"그럼 어떻게 해요?"

정훈의 얼굴에 미소가 보였다. 뭔가 실수한 것 같다는 생각이 들었다.

"공방 어디 있는지 알지?"

“네, 몇 번 가봤잖아요. 빌려주실 거예요?”

“빌려줄게.”

정훈은 윤후의 눈을 가만히 쳐다보며 말을 이었다.

“단, 혼자 와야 해. 지하철을 타든 버스를 타든 알아서 오면 빌려줄게. 아니, 원목도 줄게.”

윤후는 집에서 가까운 편의점 같은 곳을 제외하고는 혼자서 밖에 나가본 적이 없었다.

집 근처에 지하철역이 있음에도 근 십 년 동안 지하철과 버스를 타본 적이 없었다.

어디를 가든지 항상 정훈의 차로 이동했고 언제나 함께 움직였다.

항상 떠들어대는 인격들조차 지금만큼은 조용히 상황을 구경했다.

“저 혼자요?”

“그래, 지하철 타면 수원까지 사, 오십 분이면 오잖아. 더도 말고 5시까지 와서 한 시간만 있다가 아빠랑 같이 퇴근. 어때? 할 수 있겠어?”

보통 사람이라면 쉬운 일이지만 윤후에게는 아니었다.

자폐 증상이라고는 전혀 찾아볼 수 없었지만 자신 안에 있는 또 다른 사람들이 문제였다.

‘후, 대꾸 안 하면 괜찮을 것 같기도 한데.’

정훈은 윤후가 고민하는 모습을 보며 가만히 기다려 줬다. 사실 정훈 역시도 걱정이 되긴 했지만 윤후가 성인이 된 지금 언제까지 집에만 있게 할 수는 없다고 생각했다.

그래서 이렇게 고민만 하다가는 윤후가 영영 밖에 나갈 기회를 놓칠지도 모른다는 생각에 기회를 잡은 이번만큼은 물러설 수 없었다.

"그럼 좀 더 선택할 수 있게 해줄게."

윤후는 그제야 정훈의 얼굴을 쳐다봤다. 정훈은 손가락 세 개를 편 채 웃으며 말했다.

"첫 번째, 셀락 칠하려면 한 달은 해야 되지? 그 한 달 동안 올 때마다 만 원씩."

두 번째 손가락을 가리키며 말을 이었다.

"두 번째, 매번 가위로 대충 자르는 그 머리카락을 미용실에 가서 자르면 십만 원."

윤후가 긴 머리가 좋아 기르는 것이 아니란 것은 정훈도 알고 있었다. 그렇기에 일부러 사람들과 부딪치게 하고 싶은 생각이었다.

"그리고 마지막. 운전면허 따면 오십만 원. 거기에 아빠 차까지!"

솔깃한 제안이었는지 윤후가 흠칫 놀랐다. 정훈은 이 제안이 잘 먹힐 것 같다는 생각을 하며 대답을 기다렸다. 한참을 생각하던 윤후가 자리에서 일어서며 입을 열었다.

“상의 좀 해볼게요.”

“상의 좀 하지 마! 별걸 다 상의해!”

Chapter 2

이별, 극복

다음 날.

윤후는 기타를 멘 채 움직이는 지하철의 마지막 칸 문 앞에 서 있었다.

혼자 대중교통을 이용하는 것이 난생처음이었는데 생각보다 편안해 보이는 얼굴이었다.

—그 기타는 피니쉬 다시 해도 싸구려라 얼마 안 할 거다. 그냥 이발하는 것이 좋을 것 같구나.

—차라리 면허를 따. 단번에 해결되잖아.

언제나 그랬듯 머릿속에서 울리는 말들 때문에 혼자라는

생각이 들지 않았다. 다만 대답하지 않고 멍하니 도착하기만을 기다렸다.

창문으로 흘러가는 풍경을 보니 뭔가 대단한 일을 해낸 것 같은 느낌이 들었다. 스스로 대견하다는 생각도 들고, 앞으로도 혼자서 잘 다닐 수 있을 것 같았다.

자꾸 힐끔거리는 사람들만 빼면 말이다.

'왜 저렇게 힐끔거리지. 아저씨들, 나 이상해요?'

—이상하지.

—얼굴은 햇빛을 못 받아서 귀신처럼 새하얗지.

—게다가 장발이지.

—무엇보다 혼자 창밖 보면서 실실 웃고 있으니까 미친놈으로 보는 거지.

—미친놈 보고 미친놈이라고 하는 것이니 신경 쓰지 말거라.

물어본 것이 잘못이었다. 한숨이 절로 나오는 대답에 인상이 구겨질 때, 500원짜리 동전 하나가 굴러와 발밑에 멈췄다.

"학생, 짐이 무거워서 그런데 동전 좀 주워줄래요?"

양손에 짐을 들고 있는 인상 좋은 아주머니가 보였다. 모르는 사람과의 대화가 어색했기에 대답하지 않고 동전을 줍기 위해 허리를 숙였다.

그 순간.

—뒤 조심!

딘의 다급한 목소리에 깜짝 놀라 동전을 줍다 말고 뒤로 돌았다.

깜짝 놀란 마음에 주위를 둘러보았지만, 윤후가 보기에는 조심해야 할 상황이 아니었다.

지하철 노선도를 보고 있는 중년 남성만 보였기에 딘이 자신을 놀리려 한 말이라 생각하고 다시 동전을 주우려 했다.

—소매치기야. 뒤에 남자랑 동전 떨어뜨린 아줌마 한패.

"소매치기?"

자신도 모르게 입 밖으로 말이 튀어나와 버렸다. 아차 싶어 입을 틀어막았지만 이미 사람들의 시선이 쏠린 뒤였다. 옆에 있는 아줌마를 보니 적지 않게 당황한 얼굴이다. 게다가 뒤에 있던 남자는 어느새 사라지고 없었다.

'정말이야?'

—맞아. 아까부터 힐끔거리다가 타킷을 정했고, 동전은 뒤에서 굴러왔고, 아까 볼 때 저쪽 칸에 있던 남자가 네 뒤에 딱 서 있었으니까.

'왜 하필 나야? 난 지금 백 원도 없는데.'

—저 사람들은 모르지. 단지 네가 기타 메고 있으니까. 뭐, 무거운 거 메고 있으면 감각이 둔해지니까 기본적인 타깃이야.

소매치기를 당한 것도 아니어서 신고하기도 꺼림칙했고, 게다가 사람들의 시선이 쏠리는 것이 부담스러웠다.

바람잡이로 보이는 아줌마가 황당하다는 얼굴로 손가락질하는 것도 사람들의 관심을 더욱더 집중시키는 것 같았다. 마침 수원역이라는 알림이 들렸다.

"젊은 사람이 멀쩡한 사람 보고 소매치기라니! 아이고, 참나. 동전 한번 주워 달랬다가 이게 뭔 봉변이야."

계속된 아줌마의 말에 고개를 숙였다. 그리고 지하철 문이 열림과 동시에 빠르게 내리는데 닫히는 문 사이로 아줌마의 짐이 보였다.

조금 전까지 양손에 무겁게 들고 있던 짐이 한 손에 들려 있는 것이 눈에 들어왔다.

'정말로 소매치기였어? 하, 진짜로 이불 밖은 위험하네. 그나저나 딘, 너도 쓸모가 있구나.'

—어휴, 내가 말 안 해도 앞으로 긴장하면서 살아.

처음으로 소매치기 인격을 가진 딘을 칭찬했다. 그럼에도 딘이 좋아하는 것 같이 느껴지지 않음에 피식 웃고 말았다.

'부끄러워하기는.'

조금 전에 겪은 일 때문인지 윤후는 연신 주변을 살피며 걸었다.

"6번 출구라고 했으니까 이리로 가면 되나?"

개찰구에서 나오니 생각보다 더한 복잡함에 절로 침이 삼켜졌다.

촌놈처럼 두리번대면서 계단을 내려오니 정훈의 차를 타고 이동할 때 보던 곳이 보였다.

그제야 안도감이 들며 스스로 대단한 일을 해낸 것 같은 느낌이 들었다.

뿌듯한 마음으로 발길을 옮길 때, 수원역 광장 쪽에서 노랫소리가 들렸다. 어차피 가야 하는 방향이기에 광장으로 향했는데 공연을 보는 관객이 생각보다 많았다.

윤후는 실제로 다른 사람의 노래와 연주를 보는 것은 처음이기에 지켜보고 싶었다. 하지만 사람들 속에 섞일 용기가 나지 않아 무대에서 멀찌감치 떨어진 곳에 자리했다.

'아, 무대도 보고 싶은데. 어쩔 수 없지.'

근처 대학교 실용음악과 학생들의 공연인 듯했다. 실제로 남의 노래를 처음 듣는 윤후의 얼굴이 점점 찌푸려졌다.

'뭐가 이리 어설퍼? 노래는 그렇다 쳐도 기타가… 으, 완전 구리네.'

—니가 잘 치는 거야. 저 정도면 들어줄 만하구만.

'와! 나한테는 그렇게 깐깐하게 굴면서 저런 똥 같은 연주는 관대하네. 참!'

윤후는 들을 가치가 없다고 생각하면서도 무대 위에서 공연하는 사람이 부러웠다. 그래서 쉽게 자리를 떠나지 못했다. 어느덧 한 곡이 끝나고 다음 곡이 이어질 때, 귀에 잡음이 섞여 들리기 시작했다. 무대 쪽 앰프에서 나는 소리가 아니라 자신의 옆에서 조그맣게 들리는 기타 소리였다.

옆을 돌아보니 단발머리를 한 여자아이가 기타를 연주하고 있었다.

처음 듣는 곡이었다.

10년 동안 매일 노래를 들었기에 웬만한 곡은 모두 알고 있었다. 그렇기에 무대 쪽보다 오히려 옆에 앉은 중학생 정도로 보이는 여학생의 연주에 관심이 갔다.

'코드 진행도 좋고 멜로디도 좋고, 재밌는데 핑거스타일치고는 투박한 게 조금 아쉽네.'

윤후는 조금 더 자세히 듣고 싶은 마음에 자신도 모르게 슬금슬금 다가갔다. 가까이에서 들으니 연주가 투박하긴 해도 생각보다 더 좋았다. 윤후가 좋아하는 조금은 어둡고 슬픈 느낌의 마이너풍의 곡이었다. 무엇 때문인지 같은 곡을 연습하듯 했다.

티잉.

그때, 소녀의 기타 줄이 끊어졌다. 윤후는 자신도 모르게 피식 웃어버렸다. 자신도 종종 겪는 일이기에. 한데 소녀의 반응이 조금 이상했다.

"으아! 어떡하지? 어떡해! 아, 정말 큰일이네!"

정신없는 것은 둘째 치고 소녀의 허스키한 목소리에 깜짝 놀랐다. 중학생의 목소리라고는 상상할 수 없는 거친 목소리였다.

'뭔 중학생 목소리가 저래. 완전 백수 아저씨 목소리 같아. 담배 삼십 년은 피운 사람 같다.'

소녀는 휴대폰을 꺼내 어디론가 전화를 걸더니 조금 전보다 더 방방 뛰었다.

더 이상 있을 이유가 없어진 윤후는 자리를 뜨려 했다.

"저기요!"

걸걸한 목소리로 부르는 '저기요'가 자신인 것 같은 생각이 들었지만, 괜한 일에 끼어들기에는 겁이 났다.

"저기요! 긴 머리에 기타 메신 분!"

소녀가 어깨를 찌르며 불렀다. 윤후는 고개를 돌려 자신의 어깨 밑에 있는 소녀를 쳐다봤다.

"저… 죄송한데요, 혹시 튜너 있으세요?"

튜너를 찾는 것을 보니 기타 줄은 스스로 갈 줄 아는 것 같았다.

마침 피니쉬 칠을 하기 위해 메고 온 기타 가방에는 각종 부품이 들어 있었다. 소녀가 찾는 튜너까지.

윤후는 긴장하며 아무 말 없이 기타 가방에서 튜너를 꺼내 소녀에게 내밀었다.

"……."

"고맙습니다. 금방 쓰고 돌려드릴게요."

소녀는 자신의 기타 케이스 위에 기타를 올려놓고 끊어진 1번 줄의 브릿지를 뽑았다. 전체를 교체하려는 모습은 아니었다. 꽤 능숙한 솜씨였다. 한데 케이스에서 기타 줄을 꺼낸 소녀가 울상인 채 윤후를 쳐다봤다.

"저기요, 죄송한데 클리너도 있으세요? 기타 줄을 뜯어나서 그런지 녹이 슬었어요."

클리너는 윤후도 없었기에 여전히 말없이 어깨를 으쓱거렸다. 그러자 소녀는 더 울상이 되더니 다시 전화를 걸었다.

"아, 왜 안 받아? 나 기타 줄 갈 줄 모르는데!"

황당했다. 기타 줄도 갈 줄 모르면서 기타 줄이 고정되어 있는 브릿지는 왜 뽑아놨는지.

"저기요, 기타 줄 갈 줄 알아요? 저 좀 도와주시면 안 돼요? 급하거든요."

갑자기 자신을 보며 부탁하는 소녀를 쳐다봤다.

—도와주거라. 별일 아니잖느냐.

'귀찮은데… 소매치기는 아니겠죠?'

윤후는 소녀를 다시 한번 쳐다보고는 고개를 끄덕이고 눕혀놓은 기타 앞에 앉았다. 소녀의 기타 줄은 생각보다 심하게 녹슬어 있었다. 잠시 고민하다가 자신의 가방에서 기타 줄 팩을 꺼내 들었다.

"와, 다행이다. 제가 쓰는 거랑 똑같은 줄이네요. 기타 좋아하시나 봐요? 저도 좋아하는데. 그런데 전 기타 줄 하나씩은 못 갈겠더라고요."

연주와는 전혀 다른 어수선한 성격이다. 쉴 새 없이 떠들어대는 소녀 때문에 윤후는 조용히 하라는 얼굴로 소녀를 쳐다봤다. 그러자 소녀는 눈을 잠시 맞추더니 어색한 미소를 지었다.

"두 유 노우 코리언? 마이 네임 이즈 송윤. 윤송이라고 해야 되나? 땡 큐, 맨."

윤후는 정신이 혼미했다. 자신을 외국인으로 착각하는 것 같았다. 조금만 생각해 보면 분명 자신에게 한국말로 부탁했고, 그래서 기타 줄을 갈고 있는 것인데.

윤후는 그 어느 때보다 빠르게 기타 줄을 갈았다. 그리고 소녀의 기타를 습관적으로 안아 들었다. 언제나 그랬듯이 기타 줄을 갈았으니 조율했다. 튜너도 없이 몇 번의 튕김으로 조율을 마쳤다. 그러고는 소리를 확인하기 위해 기타를 튕겼다.

소녀는 입을 벌린 채 자신의 손에 들린 튜너를 한번 보고 윤후를 쳐다봤다. 기타 줄을 뚝딱 갈더니 튜너도 없이 조율까지 마쳤다. 거기서 멈춘 것이 아니라 연주까지 하는데 기타 연주가 굉장히 난해했다. 코드를 띄엄띄엄 잡는 모습이 영 어색했다. 중간을 들어낸 것 같은 연주에 소녀가 의아한 듯 윤후를 쳐다보며 물었다.

"왜 그렇게 쳐요? 기타 칠 줄 알아요? 아, 캔 유… 연주가 영어로 뭐지? 아, 답답해."

윤후는 얼굴을 들이밀며 물어오는 소녀 때문에 깜짝 놀라며 연주를 멈췄다. 집에서 하던 대로 들으면서 습관적으로 마음에 안 드는 부분만 바꿔서 연주했을 뿐이다.

―괜찮네. 한번 바꾼 완곡을 들어보고 싶은데?

음악 감독 배성철의 울림에도 시큰둥했다. 기타를 배우고 매일같이 하던 것이기에 아무런 감흥도 없었다. 다만 뚫어지게 쳐다보고 있는 소녀의 눈빛이 부담스러웠다.

기타를 소녀에게 건넸다. 기타를 받아 든 소녀는 물어보고 싶은 것은 많은데 영어로 해야 한다는 생각에 연신 입을 오물거릴 뿐 말을 뱉지 못했다.

그런 소녀를 보며 윤후는 전혀 다른 생각을 하고 있었다.

'할배, 기타 줄 갈아주면 보통 얼마나 받아요?'

―그거 한 줄 갈아주고 돈까지 받으려 하느냐?

'할배, 저 기타 줄 3만 원짜리예요. 3만 원은 아니더라도 한 줄 값은 받아야지. 할배 진짜 기타 한 대도 못 팔아봤죠?'

—뭐, 이놈아?!

'크큭, 그런데 저 기타 줄, 오늘 엄청 빨리 갈지 않았어요? 속도가 이상할 정도로 빠르네.'

—큼, 잘하더구나. 밥은 안 굶고 다니겠어. 앞으로 시간 날 때 기타도 종종 만들어보거라.

윤후는 돈 받을 생각으로 소녀를 봤지만, 막상 낯선 사람과 대화를 하려니 입이 떨어지지 않았다. 여전히 소녀는 말이 없는 윤후를 오해하고 있었다.

"일본 사람? 중국 사람? 동남아시아 쪽은 아닌 것 같은데."

소녀는 열심히 혼잣말을 하다가 갑자기 고개를 돌려 윤후를 쳐다봤다. 그런데 눈빛이 조금 이상했다.

"혹시 벙어… 아니, 말 못 하세… 아니, 아, 뭐라 해야 하지?"

윤후가 미안한 눈으로 자신을 쳐다보는 소녀의 오해를 풀기 위해 입을 열려 하는데, 그때였다.

"송이 누나! 어라? 기타 줄 갈았네?"

"짜식이. 빨리도 왔다. 이분이 도와주셨어."

"휴, 다행이다. 빨리 가자. 승철이 형이 빨리 오랬어."

윤후는 내심 놀랐다.

'중학생이 아니었어?'

작은 키에 어린 얼굴 때문에 중학생이라 생각했는데 대학생으로 보이는 남자가 누나라고 부르는 것으로 보아 자신보다 나이가 많은 모양이다.

소녀는 자신을 쳐다보고 있는 윤후를 보고는 미안한 얼굴로 손짓까지 해가며 입을 열었다.

“저기요! 헤이! 음, 여기 아주 잠깐 스테이. 오케이? 나 금방 컴백. 오케이?”

‘기타 줄 돈 주려고 그러나 보네.’

윤후는 정신 나간 여자처럼 손가락으로 이곳저곳을 가리키는 송이라는 여자를 보며 피식 웃고 말았다. 그 웃음에 여자는 윤후가 알아들은 것으로 생각하며 고개를 끄덕이고 웃었다.

*　　　*　　　*

30분 정도 그 자리에 가만히 서 있던 윤후의 얼굴이 일그러졌다.

‘저쪽 공연도 끝난 것 같은데 설마 도망친 건 아니겠지? 이거 완전 할배 때문에 부정 탄 거야.’

불안한 얼굴로 할배 탓으로 돌렸지만 기타 장인의 울림은 없었다. 대신 음악 감독 배성철의 울림이 있었다.

—잔소리 말고 아까 저 목소리 걸걸하던 여자가 연주하던 곡이나 쳐봐라.

'왜요?'

—왜기는, 아까 바꾼 코드로 쳐봐라.

'들어봤잖아요. 아까 머릿속으로 연주했으니까 다 들어본 거 아니에요?'

—이 자식아, 실제로 들어보고 싶다고.

윤후는 입술을 씰룩거렸지만 곧바로 기타 가방에서 기타를 꺼냈다. 그러고는 뒤쪽에 있는 화단에 걸터앉아 기타를 들었다.

—처음 봤을 때부터 느꼈지만 역시 신기하단 말이야.

'뭐가요?'

—녹음하는 것처럼 한 번 들으면 다 외우잖아. 도둑놈도 아니고.

'도둑놈이라니요? 참나!'

—빨리 쳐보기나 해.

윤후는 기타를 들고 일단 아까처럼 바꿀 부분의 코드와 멜로디를 연주해 봤다. 띄엄띄엄 부분적으로 들리는 소리임에도 만족한 얼굴이다. 잠시 손을 풀 듯 흔들고 기타를 다시 잡는 윤후의 눈빛은 조금 전과 달리 진중했다.

첫 음을 튕기는 소리를 들으며 언제나처럼 눈을 감았다. 마치 곡에 빠져드는 것처럼.

담담하게 시작된 연주는 윤송이 연주했을 때와는 또 달랐다. 연결부가 아닌 것처럼 부드럽게 마디를 넘어가며 슬픔을 더해갔다. 뚝뚝 끊기던 부분이 마치 원래 이런 음이었다는 듯이 자연스러웠다.

연주에 빠져들어 기타 줄 위에서 바쁘게 움직이는 손과 달리 곡은 슬픈 멜로디를 뱉어냈다.

'조금 아쉽네. 연주곡은 아니고… 가사만 알아도 치면서 노래를 부른다면 완전 슬플 것 같은데.

—그래, 곡 자체는 컴퓨터에 있는 네 곡들이랑 수준이 비슷한데?

'내가 지금 바꿨으니까 그렇죠. 원래랑 비교해야지. 이 사람들이 오늘 자꾸 건드리네. 내가 허밍으로 부르면서 할 테니까 이번엔 귀 잘 열고 들어봐요.'

수준이 비슷하다는 말에 욱한 윤후는 다시 잘 들어보라는 얼굴로 기타를 안았다. 다시 한번 기타를 연주하는 윤후의 얼굴은 조금 상기된 상태였다.

'어때요? 이래도 비슷해요?'

백수와 음악 감독의 말이 동시에 울렸다.

—이제 편곡으로는 내가 뭐라 하기 힘들 거 같네. 잘했다. 수고했어.

—허밍으로 하면서도 발성도 완벽하고 목소리야 원래 좋고. 앞으로도 오늘처럼만 하면 문제없겠다. 수고했어.

'아저씨들이 칭찬하니까 이상하네. 하하! 하던 대로 해요. 어색하잖아요.'

생각한 말과는 달리 칭찬에 기분이 좋았다.

'근데 나 오늘 연주가 완전 예술 아니에요? 왜 이렇게 잘 쳐지지? 신기하네.'

다른 때보다 기타를 연주하는 손이 가볍게 느껴졌다. 무엇 때문인지 모르지만, 전혀 무리가 가지 않았다. 손가락을 만져 봤지만 다른 느낌은 없었다. 그리고 그때, 자신의 생각을 깨는 까칠한 제임스의 울림이 들렸다.

—너 아빠가 다섯 시까지 오라고 안 그랬냐? 늦으면 돈 안 준다고 그런 것 같은데.

윤후는 벌떡 일어나 휴대폰을 꺼내 들고 시간을 확인했다.

"아이 씨, 오천 원 벌려다가 만 원 날리겠네."

윤후는 기타를 빠르게 케이스에 집어넣고는 어깨에 멜 틈도 없이 손에 든 채로 황급히 뛰어갔다.

*　　　*　　　*

"송이 누나, 너무 기죽지 마. 원래 자작곡 처음 들으면 반응 없잖아."

"그래……."

"기운 내. 뒤풀이 갈 거지?"

윤송은 관객들의 시큰둥한 반응에 풀 죽은 모습이었다. 처음은 아니었지만 이번 곡만큼은 스스로 만족할 때까지 고치고 또 고쳤다. 심혈을 기울여 만든 곡이었기에 기대감이 컸건만 평소보다 못한 반응에 온갖 생각이 머리를 떠다녔다.

"그래도 오늘 컨디션은 좋은 것 같던데?"

윤송은 후배의 위로에도 고개를 숙인 채로 걸었다.

"오늘 누나 기타 소리가 평소보다 깔끔하더라고. 울림도 깔끔하고."

"고마워. 근데 나 괜찮으니까 그만 위로해도 돼."

"진짠데? 누나는 다른 사람들하고 다르게 반대로 시작하잖아. 1번 줄부터 아래서 위로 치지? 음, 근데 오늘은 처음 치는데 뭔가 좀 깔끔했다고 할까?"

윤송은 후배의 위로에 살며시 미소를 짓다가 아차 싶었다.

"아, 맞다! 상우야, 먼저 가. 나 어디 좀 들렀다 갈게."

기타 얘기에 뒤늦게 윤후를 떠올리곤 허겁지겁 윤후와 만났던 장소로 달려갔다.

"…뭐야? 간 거야? 벙어리 외국인 같던데 미안하네."

윤송이 주변을 돌아볼 때 뒤쪽에서 기타 소리가 들렸다. 아까 들어본 띄엄띄엄 치는 소리였다.

"왜 저 구석에 있어? 어쨌든 아직 안 갔네. 헤헤."

윤송은 중얼거리며 윤후가 걸터앉아 있는 화단으로 향했다. 그러고는 살짝 떨어진 거리에서 다가가지 않고 윤후의 모습을 감상했다.

축 늘어진 머리 사이로 보이는 하얀 피부가 돋보였다. 띄엄띄엄 치는 연주를 끝내고 멍하니 있는 모습조차 분위기 있어 보였다.

'기타 안고 있는 모습이 무슨 화보 같잖아? 무슨 남자가 긴 머리가 저렇게 잘 어울려?'

윤송이 조심스레 휴대폰을 꺼내 들어 그 모습을 담으려 할 때 윤후가 다시 기타를 가볍게 튕겼다. 연주는 이미 들어봤기에 그 모습만 담을 생각으로 촬영을 하며 히죽거렸다. 하지만 곧 휴대폰을 들고 있던 손을 축 늘어뜨렸다.

'잘 치잖아? 아니, 잘 치는 정도가 아닌데?'

자신과 비교할 수준이 아니었다. 아니, 지금까지 본 누구보다 완벽한 스트로크였다. 베이스와 멜로디를 마치 두 사람이 연주하는 소리로 착각할 정도였다. 그러다 문득 지금 들리는 곡이 익숙하다는 것을 느꼈다.

'…응? 이 곡, 내 노래네?'

자신의 곡임을 자각하자 더 확실하게 느껴졌다. 분명히 자신의 곡이었다. 오늘 처음 무대에 선보인 곡. 앞의 남자가 알 수 없는 곡이었다. 하지만 그런 건 관심 밖이었다. 연주를 해갈수록 자신은 생각하지도 못한 연결부와 조금 바뀐 코드, 멜로디로 곡의 슬픈 느낌을 더욱 풍성하게 만들어 버렸다.

연주가 끝났지만 다가가지 못했다. 자신의 곡을 비하하는 것은 아니지만 이 정도로 대단한 곡이 아님을 알기에 충격이었다. 그리고 그때 벙어리 외국인인 줄 알았던 남자가 허밍으로 멜로디를 부르는 소리가 들렸다.

'저… 저 사람, 뭐야? 저게 정말 내 노래야?'

단지 허밍일 뿐이었다. 그런데도 이 두근거리는 심장은 노래가 끝나고도 진정되지 않았다. 윤송은 다가갈 수가 없을 정도로 온몸이 떨리기 시작했다. 그리고 그때, 남자의 목소리가 다시 들렸다.

"아이 씨, 오천 원 벌려다가 만 원 날리겠네."

윤송은 그 말을 뱉고 허겁지겁 달려가는 남자를 잡을 생각도 못하고 그저 멍하니 바라봤다.

* * *

"저 왔어요! 안 늦었죠?"

윤후는 조금이라도 늦을까 봐 허겁지겁 공방에 들어섰다. 그런 윤후의 목소리를 듣고 안쪽 작업실에서 정훈이 웃으며 나왔다.

"아들, 어땠어? 무슨 일 없었지?"

"네, 괜찮았어요. 소매치기 당할 뻔했고, 기타 줄 값 못 받은 것만 빼면요."

"소, 소매치기?"

윤후는 지하철에서 있었던 일을 자세히 설명했다. 얘기 중간에 딘이 사전에 알려줘서 벗어날 수 있었다는 얘기를 들은 정훈이 입을 씰룩거렸다.

"도둑놈이 도움 될 때도 있고 다행이네. 다치진 않았어?"

"네, 걱정한 것보다는 올 만했어요. 그런데 청소하고 계셨어요?"

윤후가 정훈의 손에 들린 빗자루를 가리키며 말했다.

"다 했어. 이제 블로그에 올릴 사진들 찍으려고."

윤후 역시 가끔 공방의 블로그에 들어가 사진들을 봤다. 전문가가 찍은 듯한 사진이고, 제임스 역시 구도나 제품이 확실히 부각되는 전문가 작품이라고 말했다.

"아빠가 찍은 거였어요? 제임스도 칭찬했는데."

"하하, 아니야. 대표 사진들은 사진사가 찍어준 거지. 만들 때마다 부르면 단가가 안 나와서 이번에는 직접 찍어보려고. 하하, 조금만 앉아 있어. 사진만 찍고 집에 가자."

윤후가 조그만 나무 의자에 앉아 정훈의 작업을 구경하고 있을 때 제임스의 울림이 들렸다.

—아니, 저거 저렇게 찍어서 사진이 나오겠나. 네가 가서 좀 도와줘.

'아저씨가 웬일이야? 아무 사진기로 찍기 싫어하잖아요.'

—파더 일이니까 도와줘야지.

'크크, 알았어요. 어떻게 해야 해요?'

윤후는 제임스의 말을 차분히 듣고 있었다. 한동안 멍하니 있던 윤후가 얼굴을 찌푸리며 의심스러운 얼굴로 변했다.

'정말 그렇게 해요?'

—그래. 그냥 찍는 것보다 열 배는 더 잘 나올 거다.

'흠…….'

윤후는 여전히 의심스러운 얼굴을 한 채 정훈에게 다가갔다.

"아빠, 혹시 포일 있어요?"

"포일은 왜? 저기 공구 서랍에서 한번 찾아봐. 있는 것 같기도 하고."

공구 서랍에서 쿠킹 포일을 찾은 뒤에도 또 다른 재료를 찾기 위해 공방을 둘러봤다. 한참 이곳저곳을 들쑤시고 다니다가 커다란 합판을 발견하고는 미소를 지었다.

"이거 자작나무 같은데? 기타 바디로 쓰면 딱 좋을 것 같은데."

—일단 반사판부터 만들어라.

윤후는 입을 씰룩거리고는 포일을 길게 자른 뒤 구기기 시작했다.

—구겼으면 조심히 펴. 안 찢어지게 잘해라. 다 폈으면 합판에 빈틈없이 붙이면 끝난다.

제임스의 말대로 차근차근 반사판을 만들었다. 이상하게도 쉽게 느껴졌다. 광장에서 기타 칠 때와 같은 느낌이었다.

'나 굉장하지 않아요? 한 번도 안 만들어봤는데 엄청 잘 만들지 않아요?'

—쓸데없는 소리 하기는. 다 만들었으면 빨리 가서 도와드려라.

평소에도 조금 까칠한 말투의 제임스였기에 별다른 반응 없이 반사판을 들고 작업실로 들어갔다. 책장이 놓인 벽은 사진을 찍기 위해 준비했는지 하얀 페인트칠이 되어 있었다.

"아빠, 이거 대고 찍어보실래요?"

"어? 그게 뭐야?"

"이거 반사판이래요. 스튜디오에서 찍을 때 사용한다는데요?"

반사판을 들었지만 막상 어떻게 대야 할지 몰라 헤매자 제임스의 말이 들렸다.

"아빠, 휴대폰에 플래시 애플 좀 켜보래요."

윤후도 마찬가지로 휴대폰을 꺼내 플래시를 켜고 작업실의

불을 껐다. 그러고는 정훈의 휴대폰을 받아 들고 책장의 왼쪽에 반사판을 기울여 세운 다음 양손에 휴대폰을 들고 위아래로 플래시를 비췄다.

"됐대요. 빨리 찍으세요."

"어? 어두워서 잘 안 나올 것 같은데……."

"그냥 자기 말만 믿으래요. 허리 구부리고 두 번째 칸이랑 눈높이 맞춰서 찍으래요."

제임스의 지시로 반사판을 옮겨가며 촬영이 계속되었다. 때로는 윤후가 엎드려 조명을 비췄고, 때로는 정훈이 엎드려 촬영했다.

"음… 제임스 말 믿어도 되는 거야?"

"까칠하긴 해도 헛소리는 안 하잖아요."

오랜만에 아빠와의 작업이 즐거웠는지 윤후는 자연스럽게 흥얼거리기 시작했다. 그런데 조금 이상했다. 작게 흥얼거리고 있을 뿐이었지만, 다른 때와 달리 가볍게 나오고 어느 때보다 편했다.

'백수 아저씨, 나 호흡 완벽하지 않아요? 들어봐요. 맨날 뭐라 했잖아요.'

—노래 그만 부르고 사진 다 찍었으면 컴퓨터에 집어넣고 마무리나 해. 수고했다.

'수고는요. 도와줘서 고마워요, 아저씨.'

백수 대신 제임스의 말이 울렸다. 어차피 백수 아저씨에게는 나중에 물어봐도 상관없기에 개의치 않았다.

"아들, 이 사진 좀 봐봐!"

윤후는 사진이 잘 나온 것보다 사진을 자랑하듯 내미는 정훈의 모습이 더 좋았다.

"봐요. 제임스가 쓸데없는 소리는 안 한다니까요. 하하!"

"하긴, 가끔 볼 때도 본체만체하는 것만 빼면 괜찮지. 내 아들 얼굴로 그러고 있으면 영 이상하단 말이야. 때릴 수도 없고."

윤후는 잘 때마다 자기 자신은 자고 있는 상태이기 때문에 자신의 몸이 어떤 행동을 하는지 전혀 몰랐지만, 정훈은 다른 인격들이 윤후가 잘 때마다 나타나 윤후의 얼굴로 활보하는 것을 십 년 동안 지켜봤기에 어색하게 웃었다.

"그 양반들이 매번 이제 곧 간다고 그러면서 안 간단 말이야. 참, 어젯밤에 구라쟁이 할배가 뭐라 그랬는데. 식스센스? 그게 뭐야?"

"식스센스요? 그거 우리가 만들려는 앨범인데. 녹음실에서 그거 녹음하려고 한 거예요."

"노래 제목? 뭐야? 근데 아빠한테 안 들려준 거야?"

"노래는 아니구요, 우리가 여섯 명이니까 식스센스라고… 근데 한 곡이 아직 완성 안 됐거든요. 다들 자기 생각대로 하자고 계속 말하니까 바꾸고 고치고 하다 보니 조금 늦네요."

"아아, 그렇구나. 근데 이상하네? 왜 완성 못 시킬 것 같다고 그랬지? 흠……."

그러고 보니 평소와 달랐다. 이상했다. 이 정도면 진작 서로 시끄럽게 떠들어대면서 정신없게 했을 텐데 지금은 이상할 정도로 울림이 없었다.

'뭐야? 할배, 왜 그런 말 했어?'

윤후가 물어봤지만 기다리는 대답이 들리지 않았다. 정훈조차 이상함을 느꼈는지 아무 말도 하지 않았다.

'할배? 백수 아저씨? 감독 아저씨? 딘?'

마지막으로 조금 전까지 대화하던 제임스에게 물었다.

'제임스 아저씨, 다들 왜 대답이 없어요? 뭐 해요?'

제임스의 울림마저 없이 머릿속이 고요했다. 십 년 동안 울리던 소리가 들리지 않았다. 고요함 때문에 오히려 혼란스러웠다. 그러던 중 근래 인격들의 대화가 이상한 것이 문득 떠올랐다.

—내가 말 안 해도 앞으로 긴장하면서 살아.

—앞으로도 시간 날 때 기타도 종종 만들며 살아라.

—잘했다. 수고했어.

—앞으로도 오늘처럼만 하면 문제없겠다. 수고했어.

—수고했다.

그 당시에는 전혀 이상하다고 생각하지 않았는데 다시금 한 명씩 한 말을 곰곰이 생각해 보니 전부 '수고했어, 잘살아' 라는 의미가 담긴 것 같았다.

"…아니지? 사라진 거 아니지?"

윤후에게 각각의 인격은 십 년 동안 함께하며 아무 생각 없이 잡담하며 웃을 수 있는 친구였고, 때로는 위로해 주고 보듬어주는 가족이었으며, 지금 알고 있는 모든 것을 가르쳐 준 스승이었다. 그런 그들이 없다고는 생각조차 하기 싫었다.

"이게 뭐야? 갑자기 왔다가 갑자기 가버리는 게 어디 있어? 장난하지 마!"

정훈은 뭔가 심상치 않음을 느꼈다. 정훈 역시 그들이 윤후에게 어떤 의미인지 잘 알고 있었다. 처음에는 그들을 향한 미움이 컸지만 엄마가 없는 아이를 잘 보살펴 주고 자폐 증상을 가지고 있는 윤후를 지금과 같이 변하게 만들어준 그들에게 고마움도 있었다. 하지만 윤후와 달리 언제까지 아들에게 붙어 있길 바라진 않았다.

"윤후야, 진정하고 앉아 봐. 무슨 일인데 그래?"

"아빠, 아저씨들하고 할배가 아무 말도 안 해요. 너무 조용해요. 왜 그러죠? 왜 갑자기 아무 말도 안 하는 거예요?"

윤후가 마치 노크라도 하듯 주먹으로 자신의 머리를 때렸다. 정훈이 말릴 틈도 없이 그 행동이 이어졌다. 그런 갑작스러운 윤후의 행동에 놀란 정훈이 뒤늦게 정신을 차리고 말리려 했지만, 윤후는 서 있는 상태 그대로 쓰러졌다.

* * *

윤후와 최면 치료를 받고 병원을 나서는 정훈의 얼굴에 걱정이 가득했다. 벌써 한 달째였다. 아무것도 하지 않았고, 말수가 확연히 줄어버린 윤후는 마치 십 년 전 어린 시절로 돌아가 버린 모습이었다. 불안한 마음에 공방조차 나가지 않고 24시간 윤후의 곁을 지켰지만 윤후는 여전히 멍한 상태로 창밖을 보고 있을 뿐이었다.

"아들, 밥 먹고 들어갈까? 아들 좋아하는 순댓국 먹을까?"

"그거 딘이 싫어해서……."

윤후가 말을 뱉다 말고 멈췄다. 그러고는 다시 멍한 얼굴로 정훈에게 물었다.

"저 잘 때 아무 일 없었죠?"

매일 같은 질문을 하는 윤후가 무엇을 궁금해하고 무엇을 기대하는지 알지만, 원하는 대답을 해줄 수 없었다. 그날을 마지막으로 윤후의 다른 인격들을 볼 수 없었다. 처음 사라졌을 때만 해도 금방 털고 일어나 보통 사람같이 생활할 수 있을 것이라 믿었지만, 그럴 기미가 전혀 없어 보였다.

'가더라도 인사는 제대로 하고 가야지. 나쁜 놈들.'

처음 며칠은 화내고 소리치더니 시간이 지나자 한동안 울기만 했다. 그리고 지금은 우는 것마저 멈추고 정신 나간 사람처럼 멍하니 있을 뿐이다.

"아빠가 블랙 아카시아 나무로 책상 하나 만들 건데… 아들도 기타 만들래?"

"아니요."

"저번에 만들어보고 싶다고 했잖아."

"그건 할배가 그랬던 건데… 이제 할배가 없잖아요."

집에 있을 때 윤후는 모든 것을 잃은 듯 행동했고, 이런 대화조차도 하지 않았기에 정훈은 지금의 대화도 반가웠다.

"그래서 이제 기타도 안 만들고 노래도 안 할 거야?"

대답은 하지 않았지만 창밖을 보는 윤후의 표정에 자그마한 변화가 보였다.

"노래 자체가 싫은 건 아니잖아? 그 양반들이 네가 이렇게 멍하니 아무것도 안 하면서 있으라고 음악을 가르쳐 주진 않았을 거 같은데?"

윤후의 표정을 보니 다시 한번 그들이 얼마나 윤후에게 커다란 존재였는지 느껴졌다.

"영감도 그랬다며. 앞으로도 계속 기타 만들라고. 아참, 그 미완성이라는 곡부터 차츰 만들어보는 것은 어떨까?"

"나중에요."

정훈이 원하는 대답은 아니었지만, 그나마 싫다는 말은 아니어서 내심 안도감이 들었다.

*　　　*　　　*

침대 위에 옆으로 누운 윤후의 시선이 한곳에 고정되어 있다. 정훈이 만들어준 기타 진열대에 놓인 다섯 대의 기타를 이상한 눈빛으로 보고 있었다.

'왜 저렇게 신경 쓰이는 거야.'

기타를 치고 싶은 것이 아니었다. 기타들은 하나하나 만든 순서대로 놓아둔 것이고, 지금까지 아무런 불편함도 없었는데 그들이 사라진 뒤부터 불편하게 보였다. 기타만 그런 것이 아니었다. 책상의 위치 또한 불편했고, 거실에 있는 소파를 보면서도 불편했다.

'그러고 보니 제임스가 매일 저게 뭐냐고 치우라고 말한 거네. 후후.'

침대에서 일어나 기타 진열대로 갔다. 십 년 동안 매일같이 기타를 끼고 살았건만, 그 일 이후 기타를 안 친 지 벌써 한 달이 지났다. 한 달을 본체만체하던 기타 앞에 서니 새삼스럽게 반가운 마음이 들었다. 다섯 대의 기타를 죽 쓰다듬던 윤후가 미소를 지었다.

"이건 내 마음대로 만들어본다고 했다가 망해서 할배가 도와준 거고, 이건 처음 만든 기타이고……."

각각의 기타에 깃든 추억을 떠올리다 보니 더 그리웠다. 그렇게 추억을 떠올리다가 기타 만지던 것을 그만둔 윤후는 다시 멍한 얼굴로 기타를 놓고 싶은 대로 진열대에 꽂았다. 그리고 뒤로 한 발 물러서서 진열대를 바라보며 말했다.

"좋네. 이렇게 구도를 잡아야 사진도 잘 나오지."

고개를 끄덕이며 침대로 가다 말고 고개를 빠르게 돌려 진열대를 쳐다봤다.

"내가 뭐라고 그런 거야? 사진도 잘 나온다고?"

사진이라고는 제임스의 성화에 못 이겨 휴대폰에 내장된 카메라로 찍어본 것이 다였다. 그렇게 제임스 생각을 하던 윤후는 문득 평소에는 하지 않을 생각을 자연스럽게 뱉은 것이 이상했다. 혹시나 하는 생각이 스쳐 갔다.

"제임스? 제임스 아저씨?"

하지만 역시나 아무 울림도 없었다. 차라리 기대라도 하지 않았다면 모를까, 오히려 헛된 기대로 인해 그리움만 커져갔다. 윤후는 답답한 듯 숨을 크게 들이마셨다. 그래도 답답해 창문을 활짝 열었다. 겨울이라 찬바람이 느껴졌지만 오히려 상쾌한 느낌이 들었다.

추운 날씨에도 한참 동안 아무 생각 없이 밖을 쳐다보던 중에 노크 소리가 들렸다.

"아들, 저녁에 삼겹살… 백수 이 새끼야!!"

"네?"

윤후는 방에 들어와 백수 아저씨를 부르는 정훈을 멀뚱히 쳐다봤다. 정훈이 화가 난 얼굴로 성큼성큼 다가와 윤후의 손목을 잡아챘다.

"이 새끼가 돌아왔다고 봐줄 것 같아? 내가 뭐라 그랬어? 담배 피우지 말라고 그랬지? 담배는 어디서 났어! 영감도 왔어? 영감! 구라쟁이 영감!"

윤후는 정훈이 갑자기 왜 그러는지 알 수 없었다.

"담배라뇨? 어? 이게 왜……?"

거의 다 태운 담배꽁초가 자신의 손에 들려 있었다. 검지와 중지에 자연스럽게 끼워 있는 모습이 당황스러웠다.

"어? 이게 왜……?"

"응? 백수 놈이 아니야? 윤후니?"

그렇게 서로를 쳐다보며 아무 말도 못했다. 정훈은 아들의 흡연 현장을 목격함에 어떻게 대처해야 할지 난감했고, 윤후는 왜 자신의 손에 담배가 들려 있는지 알 수 없었다.

부자가 침대에 걸터앉은 채 어색한 시간이 계속 흘렀다.

"…아들, 아무리 힘들어도 담배는 피우지 마. 아빠도 끊었잖아."

"…네. 죄송해요."

대답은 했지만 윤후는 혼란스러웠다. 기타 진열대를 바꿀 때만 해도 그럴 수 있다고 생각했는데 담배까지는 아니었다. 하나하나 생각해 보니 요 근래 들어 이상한 점이 한두 가지가 아니었다.

'그래, 그날도 그랬어. 기타 칠 때도 손이 가벼웠고 노래도 편했어. 그동안 방 구조가 신경 쓰인 것도, 나도 모르게 담배 피우고 있는 것도.'

옆에서 정훈은 걱정된 마음에 계속 떠들고 있었다. 하지만 윤후는 정훈의 말이 귀에 들어오지 않았다.

"그래, 알아. 끊기 힘들지. 아빠도 힘들게 끊었으니까. 그래도 지금부터 안 끊으면 나중에는 더 힘들어. 그러니까 왜……."

"아빠, 잠깐만요."

윤후가 침대에서 일어나더니 컴퓨터를 켰다. 정훈도 덩달아 일어나 뒤에 서서 윤후가 하는 행동을 지켜봤다.

컴퓨터 앞에 앉은 윤후가 마우스를 이리저리 흔들었다. 고사양 컴퓨터지만 켜지는 속도가 더디게만 느껴졌다. 바탕 화면이 뜨자 바로 작곡을 위해 구매한 시퀀서 프로그램을 켜고 그동안 배성철이 작업한 곡을 불러왔다.

윤후는 마우스를 움직여 트랙들을 만져보다가 등받이에 몸을 기대며 한숨을 뱉었다.

'이게 아니야. 이 정도는 원래 나도 하던 거잖아. 음, 아저씨가 하던 것이 뭐가 있을까.'

그 뒤로도 계속 자신이 만든 곡을 포함해 다른 가수들의 곡을 듣기도 하였지만 특별한 것을 느끼지 못했다.

'아니었나? 내가 너무 예민한 거였나?'

아니라고 생각하자 한숨이 절로 나왔다. 단지 그들이 그리워서 자신도 모르게 그들의 행동을 따라 했다고 생각을 정리하며 씁쓸한 얼굴로 의자에서 일어섰다. 다시 침대로 가려다가 잊고 있던 정훈의 모습이 눈에 들어왔다.

"아빠."

"음? 그만하는 거야?"

"네. 참, 죄송해요. 앞으로 담배는 안 피울 거니까 걱정하지 마세요."

"당연히 그래야지."

정훈은 더 이상 별다른 말을 하지 않고 의자에 앉았다. 그러고는 윤후가 컴퓨터로 노래를 만들고 있다는 건 알고 있었지만 제대로 본 적은 한 번도 없어 컴퓨터를 신기한 얼굴로 보고 있었다.

"이게 아들이 노래 만드는 프로그램인 거야?"

침대에서 멍하니 그들을 생각하던 윤후는 모니터를 힐끔 쳐다보고 답했다.

"네."

"그래서 비쌌구나. 아빠가 조금 만져 봐도 되지?"

"그러세요."

"아빠도 피아노는 어릴 때 좀 배웠지. 하하! 아까 아들 하는 것 보니까 마우스로 누르면 피아노 소리 나는 게 신기하더라고."

정훈의 말에 윤후의 고개가 천천히 모니터로 돌아갔다. 그러고는 천천히 일어나 모니터로 다가갔다.

'피아노?'

언제나 기타로 모든 작업을 했다. 작곡, 편곡, 심지어는 수정할 때조차 기타를 사용했다. 그런데 지금 모니터에 보이는 악기는 배성철이 그렇게 기본이라고 말하던 피아노였다.

그다지 좋아하지 않던 피아노였지만 지금은 왠지 가슴이 벅차오를 만큼 반가웠다. 이 순간만큼은 그들이 자신의 물음에 대답하지 않고 있지만 함께하고 있다고 느껴졌다.

"윤후야, 왜 그래?"

무표정하던 윤후의 얼굴에 미소가 지어졌다. 그리고 미소와 어울리지 않는 눈물이 볼을 타고 흘러내렸다.

"있어요. 여기 아직 있어요. 할배랑 아저씨들, 딘까지."

*　　　　*　　　　*

수원에 위치한 정훈의 공방이 늦은 밤임에도 불구하고 불이 켜져 있다.

“하암! 집에 안 갈 거야?”

“다 했어요. 말리기만 하면 돼요.”

“다행이네. 그럼 내일은 쉴 수 있는 거지?”

“내일도 와야죠. 잘 말랐는지 확인해야 해요.”

윤후는 마스크를 내리고 하품을 하는 정훈을 보며 웃었다.

“내일부터는 혼자 올게요. 열쇠나 주세요.”

“열쇠는 왜? 비밀번호 알잖아?”

정훈은 말을 하다가 눈치채고는 얼굴을 찡그리며 창고를 가리켰다.

“절대 안 돼! 저거 음향목 아니라니까. 아들, 너무 양심이 없는 거 아니야?”

“농담이에요. 내일 와서 기타 마른 상태만 보고 가져갈 거예요.”

“당연히 그래야지. 아들 때문에 거덜 나겠어.”

윤후는 정훈의 장난스러운 말을 웃어넘기고 작업대에 세

워놓은 기타를 바라봤다. 만족스러운 결과물이었다. 비록 할배가 기타에 생명을 준다며 적어놓던 'Life'란 글 대신 'Sixth Sense'라는 글이 대신하고 있었지만, 그 글을 적음으로써 그들이 함께하길 원했다. 저번 일로 인격들이 함께한다는 확신이 든 다음 날부터 시작된 작업은 근 한 달간 계속되었고, 때론 밤을 새워가며 작업에 매진했다.

기타 넥을 전보다 쉽게 깎는 자신을 보며 할배의 기술에 딘의 손재주가 더해진 것처럼 느껴졌다. 그 기타를 들고 백수 아저씨가 알려준 목소리로 음악 감독 아저씨와 만든 곡을 불러보고 싶었다.

'마지막으로 제임스가 앨범 재킷 사진을 찍어주면 드디어 'Sixth Sense' 앨범이 완성되겠다.'

목소리는 들리지 않지만 다 함께하는 듯한 느낌. 그 자체가 좋았다. 그래서 한 달 동안 힘들게 만든 기타가 더없이 소중하게 느껴졌다.

아직 마무리 칠이 마르지 않아 기타 줄을 달진 않았지만 바디 하단에 하얀색으로 'Sixth Sense'라고 적어놓은 글자가 빛나는 것처럼 느껴졌다.

"아빠, 진짜 녹음실 비용 주실 거죠?"

"주는 게 아니라 빌려주기로 했지. 말을 바꾸네. 알바비 가불해 주는 거야."

"알았어요. 그럼 내일 꼭 빌려주세요."

"내일? 아들, 또 잠 안 자고 노래 만들었어? 아빠가 뭐라고 그랬지?"

"하, 하하!"

정훈의 걱정대로 윤후는 낮에는 공방에서 기타 제작을 했고, 집에 가서는 잠을 줄여가며 밤새워 곡 작업을 했다. 그러니 도통 잠을 잘 시간이 없었다.

윤후가 이렇게까지 무리하는 것은 함께하고 있다는 설렘 때문이기도 했지만, 더 이상 들리지 않는 울림으로 인해 지금이 느낌마저 언제 사라질지 모른다는 불안감 때문이었다. 함께하고 있다고 느껴질 때 하루빨리 완성곡을 들려주고 싶은 마음뿐이었다.

"잠은 자가면서 해. 자꾸 밤새고 그러면 전부 가져다 버릴 거야. 기타든 컴퓨터든."

"알았어요. 이제 안 그럴 거예요."

정훈은 기타를 보고 웃고 있는 윤후에게 미소를 지었다.

부족하게 낳아줬고, 엄마 없이 자라게 했고, 그것도 모자라 해리성 장애까지 겪게 만든 것이 모두 자신의 탓 같았다. 게다가 일에 치여 돌봐준 것도 없었는데 스스로 이겨내고 있는 모습이 미안하면서도 한편으로는 기특했다. 지금도 정훈은 자신을 보며 웃고 있는 윤후가 고마웠다.

"다 했어요. 가요."

"저 서랍 뒤에 숨겨놓은 원목은 창고에다 넣어야지?"

물론 거덜 내려 하는 것만 빼면.

Chapter 3
서툰 첫 걸음

홍대에 위치한 불이 꺼진 녹음실 문이 열리며 중년의 남자가 들어섰다. 자연스럽게 불을 켜고 익숙하게 슬리퍼를 갈아 신었다.

"야, 이강유! 나 왔다!"

중년 남성은 소파에 자고 있는 남자에게 가까이 다가가 냄새를 맡았다.

"어우, 술 냄새. 또 잔뜩 처먹었나 보네. 야, 강유. 일어나. 도대체 얼마나 처마신 거야?"

중년 남성은 코를 막으며 자고 있는 강유라는 남자의 담요를 건어냈다. 그제야 강유가 부스스 눈을 떴다.

"왜 또 왔어? 아, 속 쓰려."

"벌써 한 시야. 밥이나 처먹고 자. 도시락 사 왔어."

"짠돌이가 어쩐 일이냐?"

강유가 눈곱을 떼며 일어났다. 강유는 중년 남성이 사온 도시락을 보며 얼굴을 찡그렸다. 큰 기대는 안 했지만 역시나 짠돌이였다.

"치킨마요? 어휴, 너나 처먹어. 넌 돈 벌어서 다 뭐 하냐?"

"이게 어때서? 싸고 맛있으면 됐지."

"하, 김 대표님이나 많이 드세요."

다른 때 같았으면 그냥 먹었을지도 모르지만, 어제 마신 술 때문에 얼큰한 국물이 먹고 싶었다. 다시 소파에 드러누우며 중국집에 전화를 걸었다.

"라온 녹음실입니다. 짬뽕 하나만 갖다 주세요."

"난 짜장면."

"하! 짜장면 하나, 짬뽕 하나요."

돈도 많이 벌 텐데 김 대표의 짠돌이 근성이 맘에 들지 않았다. 자신이 사온 치킨마요를 열심히 먹고 있는 김 대표를 보며 고개를 저었다.

"그나저나 뭐 하러 왔어?"

"아, 별거 아니야. 이따가 일곱 시부터 여기 좀 쓰자. 녹음실 말고 배경만."

"안 된다. 나 말했어. 안 된다고."

"야야, 야박하게 굴지 말고. 이따가 송이 인터뷰 있는데 사무실에서 하기가 좀 그래서 그래."

"뭔, 개소리야? 그럼 여기는 무슨 다방이냐? 니네 회사에서 해. 왜 여기까지 와서 지랄이야, 지랄은?"

이강유의 거친 반발에도 김 대표는 전혀 아무렇지 않은 듯 입안에 치킨마요를 쑤셔 넣듯이 먹으며 말했다.

"어쿠스틱의 샛별이 홍대 녹음실에서 작업한다고 하면 있어 보이잖아."

"지랄 마. 안 된다. 분명히 말했어."

"너한테도 손해 아니라니까? 요새 최고 핫한 '비탈길'의 송이가 작업한다고 홍보하면 되잖아. 안 그래? 너 송이 곡 녹음한 뒤로는 계속 놀고 있잖아. 녹음실 빌려주기만 해봐. 내일부터 당장 예약 밀려올 거다."

이강유가 김 대표와 더 이상 말을 섞다가는 저 감언이설에 넘어갈 것 같아서 배달시킨 음식이 오기 전 세수나 하려고 자리에서 일어설 때였다. 녹음실 문이 열리고 이상한 놈 한 명이 들어왔다.

"벌써 왔어? 완전 빠르다. 여기다 놔주세요."

들어온 사람을 제대로 쳐다보지도 않고 치킨마요를 먹으며 말을 하는 김 대표였다. 그 모습을 본 이강유는 한숨을 내뱉고 긴 머리에 검은 코트, 검은색 바지를 입고 들어오는 남자에게 다가갔다.

"……."

"……."

그 남자는 들어왔음에도 아무 말도 꺼내지 않고 가만히 서 있었는데, 가까이서 보니 길게 늘어진 검은 머리 때문에 피부가 더 하얗게 보였다. 언뜻 분위기로만 보면 메탈을 하는 사람 같았다. 한데 기타 케이스를 보니 어쿠스틱 기타였다.

"어떻게 오셨어요?"

"녹음하러……."

"음? 잠시만요."

보통 녹음실을 이용하기 전에는 예약을 하게 마련이다. 한데 예약을 받은 기억이 없었다. 혹시나 어제 술을 마시면서 받았나 생각해 봤지만 그런 기억은 없었다.

"예약하셨어요?"

"……."

조금 이상한 사람처럼 보였다. 예약했냐는 질문에 흠칫 놀라는 모습이다.

"어? 배달 아니네. 녹음하러 왔어요? 오늘 안 되는데……."

김 대표가 플라스틱 숟가락을 든 채로 말했다. 자기 맘대로 결정하는 김 대표가 순간 꼴 보기 싫은 강유는 앞의 남자를 붙잡았다.

"괜찮아요. 녹음하러 온 거 맞죠?"

"네."

"들어와요. 일단 앉아서 얘기해요."

그사이를 못 참고 김 대표가 끼어들었다.

"하긴 그냥 일반 녹음 하면 한두 시간이면 끝나니까 괜찮겠네."

"…넌 좀 조용히 있어주라. 제발."

강유는 김 대표에게 지은 인상을 풀고 남자를 향해 미소를 보이며 말했다.

"죄송해요. 밥 먹으려던 참이에요. 식사하셨어요?"

"아니요."

남자의 단답형 대답이 이상하긴 했지만 음악 하는 놈들 중에 이상한 놈을 한두 놈 본 게 아니기에 그러려니 하고 넘어갔다.

"저희 짜장면 시켰거든요. 지금 바로 시키면 시간 맞춰서 같이 올 거 같은데, 뭐 드실래요?"

"음, 순댓국이요."

"네?"

남자의 그 대답에 강유의 눈빛이 미친놈을 보는 듯한 눈빛으로 바뀌었다.

*　　　　*　　　　*

윤후의 얼굴에는 곤란스러운 기미가 역력했다. 아버지 말고 다른 사람과의 대화가 처음인 것도 있지만, 큰 기대를 하며 온 것과 상황이 달랐다.

"미안한데 전문 엔지니어 없이는 대여 못 해줘요."

"……."

"혼자서 녹음을 어떻게 하려고 그래요?"

윤후는 사이트에서 본 것을 휴대전화로 띄운 다음 강유에게 내밀었다.

"여기 보면 대여 하루에 25만 원이라고……."

"정확히는 열두 시간이죠. 그리고 그 위에 쓰여 있죠? 엔지니어비 별도."

"흠."

윤후가 녹음실 대여를 위해 찾아봤을 때 장비 수준을 포함해 이곳보다 저렴한 가격은 없었다. 그런데 지금 이강유의 말대로라면 현재 수중에 가진 돈의 두 배는 필요했다.

"몇 곡이나 녹음하시려고요? 이틀이나 하는 사람은 드문데."

"여섯 곡이요."

"여섯 곡이라… 하루 정도면 충분하겠네요. 두 시간씩 잡아도 열두 시간이니까."

윤후는 강유가 그다지 믿음이 가지 않았다. 자신에게는 배성철이 최고였다. 배성철이 이틀이라고 했으면 이틀인 것이다.

"조금 오버되는 시간은 돈 안 받을게요. 하하! MR은 가져왔어요?"

"아니요."

"흠, 무슨 곡 녹음하실 건데요?"

"제가 만든 곡이요."

윤후는 질문들이 귀찮았다. 편의점처럼 물건 사고 돈만 지불하면 될 줄 알았는데 비슷한 질문이 계속되었다. 게다가 옆에 있는 대머리 김 대표가 강유에게 계속 그러지 말라고 하는 통에 정신이 없었다. 다행히도 김 대표의 전화가 울렸고, 굽실대며 나가는 모습을 보니 마음이 그나마 편해졌다.

"정신없죠? 저 사람은 신경 안 써도 돼요. 그나저나 성함이 어떻게 되세요?"

"오윤후예요."

"윤후 씨, 일단 녹음 한번 해보실래요? 어떤지 해보고 결정하세요."

나쁘지 않은 제안이었다. 집에서 하던 소리와 어떻게 다른 가도 궁금했기에 일단 해보기로 결정했다.

"녹음 부스에 들어가서 연습하는 걸로 가녹음해서 들어보죠. 따라오세요."

"네."

강유가 안내한 부스 안으로 들어가자 긴장해서 그런지, 아니면 기대감 때문에 그런 것인지 심장이 두근거렸다. 처음 경험해 보는 기분 좋은 떨림을 느끼며 케이스에서 기타를 꺼내 들었다. 윤후가 준비해 준 부스 안 의자에 앉자 이강유는 기타 소리가 잘 들어가게끔 마이크의 위치를 조정해 줬다.

"세션 녹음부터 해보죠. 제가 나가서 신호 주면 시작하면 돼요. 알겠죠?"

윤후는 고개를 끄덕이고 기타를 보며 잘 부탁한다는 듯이 살짝 두드렸다. 이강유는 그러한 윤후를 보고 피식 웃으며 밖으로 나갔다.

"자, 그럼 연습하는 것처럼 편안하게 해봐요."

아버지를 제외한 다른 사람에게 연주를 들려주는 것이 처음이다. 하지만 전혀 문제되지 않았다. 다른 사람에게 노래를 들려주는 것은 항상 바라온 꿈이었기에.

무표정한 윤후의 얼굴에 보일 듯 말 듯한 미소가 생겼다.

'할배, 아저씨들, 딘, 잘 들어봐. 아니, 이미 들어봤으려나? 후후.'

윤후가 연주하려는 곡은 머릿속의 울림이 사라지고 나서 처음으로 만든 곡이다. 직접 만든 곡 중에서 제일 부드러운 분위기의 곡이었다. 또한 그동안 함께해 준 고마움을 담은 노래인 만큼 따뜻한 분위기의 곡이다. 밖에서 듣고 있던 이강유도 기분 좋음을 느끼고 있었다.

'이야, 완전 무표정에 침울한 분위기인데 노래는 또 다르네. 영 이상한 놈이야.'

노래를 듣던 중 계속 뭔가 뚝뚝 끊기는 느낌이 든 이강유는 조금 의아한 얼굴을 했다. 연주 자체는 문제가 없었는데 일부러 멈추는 듯한 느낌이 들었다. 그렇기에 연주가 끝나자 부스 안에 있는 윤후를 향해 말했다.

"윤후 씨, 뭐 불편한 거 있어요?"

"아니요."

"음, 잠깐 나와 볼래요?"

불편한 것은 하나 있었다. 녹음을 끊는 이강유가 불편했다. 그래서 윤후는 일부러 싫은 티를 낸다고 냈지만 남들이 보기에는 그저 항상 짓고 있는 무표정일 뿐이었다. 이강유 역시도 윤후의 표정을 읽지 못하고 궁금해하던 것을 물었다.

"혹시 연주하다 실수한 건가요?"

"아닌데요."

"흠. 그럼 왜 중간중간 멈추었다 치는 거예요? 곡 느낌은 좋은데 그 부분들 때문에 집중이 안 돼서 그래요."

윤후는 이강유가 영 못 미더웠다. 배성철이었다면 단번에 알아챘을 것이다. 조금 답답한 마음을 가지고 이강유를 바라보다 기타를 안아 들었다.

"좀 전에 연주한 거 녹음했어요?"

"네, 들어보실래요?"

"괜찮아요. 그 트랙, 킵해주세요."

윤후는 별것도 아닌 것 가지고 귀찮게 군다는 얼굴로 다시 녹음실로 들어갔다. 녹음실 부스에 들어간 윤후는 밖에서 지켜보는 강유를 쳐다봤다.

"시작할게요."

그 말을 뱉고 리듬을 타는 듯 고개를 끄덕거리기 시작했다. 그러고는 눈을 감고 기타 줄에 올린 손을 움직이기 시작했다. 처음 한 스트로크 위주의 흔히 볼 수 있는 연주와 달리 멜로디를 짚어가며 화려하게 움직이는 핑거링 주법이었다.

밖에서 지켜보던 이강유가 살짝 놀란 얼굴로 윤후를 쳐다봤다.

"뭐야? 조금 전이랑 완전 다르네? 아니, 이렇게 칠 줄 알면서 처음에는 왜 평범하게 친 거지? 정말 이상한 놈이야."

느낌 자체는 처음 한 녹음과 같은 따뜻한 느낌을 주었다. 하지만 이상하게도 이번에도 전과 같이 연주를 멈추는 것 같은 느낌이 들었다. 실수는 아닌 것 같은데 대체 무슨 느낌을 주려고 저렇게 멈추는지 궁금했다.

연주를 마친 윤후는 부스를 나와 이강유에게 다가갔다.

"녹음했죠?"

"네, 들어보실래요?"

"아까 처음 녹음한 트랙에서 두 번째 작은악절 시작에 맞춰서 지금 녹음한 거 겹쳐서 틀어주세요."

"…네? 비교해 보고 싶으세요? 두 개 섞어버리면 비교하기도 힘들고 듣기도 거북할 거예요."

그 말을 들은 윤후는 심히 고민되었다. 이곳에서 계속 녹음을 한다면 앞에 있는 남자에게 맡겨야 하는데 지금 하는 꼴로 봐서는 전혀 믿음이 가지 않았다. 그래서 그만하고 일어나 다른 곳을 알아볼까 생각할 때 강유가 입을 열었다.

"뭐, 일단 해드리기는 할게요. 음악하시는 분이라 물론 아시겠지만, 음이 아무 음이나 겹친다고 화음이 되는 게 아니에요. 들으면 실망하실 수 있어요. 그래도 해드려요?"

윤후는 귀찮음이 역력한 얼굴로 고개를 끄덕였다. 이강유는 그 모습을 보고 고집이 세다고 생각하며 될 대로 되라는 식으로 두 트랙을 겹쳤다.

"…어라? 이상하네."

강유는 트랙을 겹쳐보다가 이마를 긁적이며 모니터에 얼굴을 가져다 댔다. 모니터에 손가락을 대가며 한 마디씩 집어가다 고개를 돌려 윤후를 쳐다봤다.

"잠시만… 요. 조금 이상하네요."

이강유는 아무 작업도 하지 않고 윤후가 말한 대로 트랙을 겹치고 재생시켰다. 모니터 스피커에서 기타 연주가 흘러나왔다. 베이스 기타와 일렉 기타 조합도 아니고 베이스와 어쿠스틱 조합도 아니었다. 어쿠스틱 기타 소리 위에 같은 어쿠스틱 기타로 덮어씌운 것이다. 그런데 그 소리가 말도 안 될 정도로 풍성하게 들렸다. 소리 하나하나가 화음을 이루는 것 같았고, 그 화음들이 몸을 감싸 따뜻해지는 느낌이 들었다. 마치 애초부터 하나이던 것을 두 개로 쪼갠 것처럼 느껴졌다.

연주를 듣던 이강유는 눈조차 깜빡이지 못했다. 아니, 작은 숨소리조차 뱉지 못했다. 중간중간 멈추던 부분을 채우는 윤후의 기타는 말도 못할 정도로 정확했다. 처음 녹음한 트랙의 빈 부분과 정확하게 들어맞았다.

'이, 이게 말이 돼? 내가 잘못 들은 건가?'

연습이랍시고 메트로놈도 없었다. 게다가 두 번째 녹음할 때 첫 번째 곡이라도 들으면서 했다면 이해했을 것이다. 그런데 그러한 것이 하나도 없었음에도 이건 마치 잘라 붙이기라도 한 것처럼 완벽했다.

믿을 수 없다는 얼굴로 천천히 고개를 돌려 윤후를 쳐다봤다.

어느 누구도 간단하게 할 수 없는 일을 아무렇지도 않게 간단히 해내고도 여전히 무표정한 얼굴이다. 윤후의 그 알 수 없는 표정을 보고 강유는 자신도 모르게 말이 튀어나왔다.

"이거… 보통 미친 새끼가 아니었어."

*　　　*　　　*

이강유의 녹음실에 정적이 흘렀다. 윤후는 자신을 멍하니 한참을 쳐다보더니 미친놈이라고 하는 이강유 때문에 흠칫 놀랐다.

'어떻게 알았지? 내가 무슨 실수를 했지?'

평소 인격들에게 미친놈이란 소리를 자주 들었고 스스로도 자각하고 있었다. 하지만 지금은 미친놈 소리를 들을 만한 행동을 한 기억이 없었다. 혼자 중얼거리지도 않았고, 인격들이 사라졌기에 다른 인격이 튀어나왔을 리도 없었다.

'뭐야? 왜 저렇게 계속 쳐다보는 거야?'

눈도 깜빡이지 않고 쳐다보는 이강유 때문에 윤후는 더 이상 녹음하기는 글렀다고 생각했다. 그러고는 주섬주섬 케이스에 기타를 넣으며 이강유를 살폈지만 아직도 그 상태 그대로였다. 그래서 풀이 죽은 채 기타를 들고 의자에서 일어섰다.

“실례했어요.”

“…네?”

윤후의 말에 그제야 정신을 차린 이강유는 일어서는 윤후를 붙잡았다. 너무 놀란 탓에 생각하던 말이 입 밖으로 튀어나왔단 것을 깨닫고는 벌떡 일어섰다.

“아! 정말 죄송합니다. 정말 죄송해요.”

“네?”

“정말 죄송합니다. 너무 놀라서 그랬나 봅니다. 일단 앉으시죠.”

윤후는 이강유의 손에 이끌려 의자에 다시 앉았지만, 자신의 모든 것이 들킨 것만 같아 몹시 불편했다. 앉으라 했으면 무슨 말이라도 해야 하는데 아무 말 없이 이리저리 자신을 훑어보고만 있다. 그나마 다행인 점은 조금 전처럼 멍한 눈은 아니었지만 말이다. 그래도 아직 윤후에겐 낯선 이의 눈빛을 가만히 받고 있기에는 부담스러워서 시선을 피하며 말했다.

“저기…….”

“아, 제가 또 실례를 했네요. 죄송해요.”

“아니에요. 그런데 어떻게 아셨어요?”

“네?”

이강유는 의아해하다가 윤후의 시선을 따라가니 모니터가 보였다. 그제야 활짝 웃으며 고개를 끄덕였다.

"하하, 제가 그 정도는 됩니다. 이 정도도 모르면서 음악 한다고 할 수 있겠습니까?"

'아저씨들이 음악 하는 사람은 예민하다고 한 말이 사실인가 보네.'

윤후의 이강유에 대한 평가가 변하고 있었다.

"그런데 몇 살이세요?"

"스무 살이요."

이강유는 윤후의 나이에 다시 한번 놀랐다. 지금껏 얼마나 많은 연습을 했기에 한 박자도 틀리지 않는 연주를 할 수 있는지 자신은 상상조차 안 됐다. 그렇기에 아직 어린 나이인 윤후가 대단해 보이기도 했고 그만큼 안쓰러운 맘도 들었다.

"얼마나 많은… 후, 많이 힘들었겠어요."

윤후는 흠칫 놀랐다.

'뭐야? 얼마나 많은? 혹시 이 사람도 나랑 같은 케이스인가?'

윤후는 부담스러워 피한 시선을 돌려 이강유를 쳐다봤다. 이강유는 마치 자신을 다 이해한다는 눈빛으로 쳐다보고 있었다.

"다섯 명이요. 그런데 전혀 안 힘들었어요. 재밌었거든요."

이강유는 다섯 명의 스승에게 배웠다고 생각하며 고개를 끄덕거렸다.

"재밌었다니 대단하네요. 그러니까 이렇게 잘 치시죠. 전 어릴 때 한 사람한테 배워도 미칠 것 같았는데. 하하!"

'이 사람도 한 명뿐이지만 나랑 같은 케이스구나.'

서로 오해를 하고 있었지만 이상하게도 대화는 자연스럽게 흘러갔다. 다른 사람과의 대화가 익숙지 않은 윤후는 이강유 역시 자신과 같다는 생각에 동질감이 생겼고, 마음이 한결 가벼워졌다. 그렇게 녹음실의 어색한 분위기가 걷히며 자연스럽게 대화가 오갔다.

"여섯 곡 전부 이 정도 곡이에요?"

"음, 제 기준으로는 비슷비슷한 거 같아요. 그렇게 크게 차이 나는 곡은 없어요."

이강유는 나머지 다섯 곡도 듣고 싶었다. 자신에게 또 어떤 충격을 안겨줄지 기대를 하던 중 문득 노래를 못 들어봤다는 것을 떠올렸다. 조금만 이상해도 좋은 곡을 망칠 거 같다는 생각에 윤후를 보며 조심스럽게 물었다.

"윤후 씨, 일단 아까 녹음한 곡 보컬부터 녹음해 볼까요?"

"네, 좋아요."

윤후는 이강유의 안내로 부스에 들어가 헤드셋을 착용했다. 부스 밖 이강유의 말에 따라 마이크 체크를 하던 중 전화를 받으러 나간 김 대표가 들어왔다.

"이제 녹음하는 거야? 빨리 끝내줘. 지금 송이 거의 다 와

간다니까."

"쉿! 윤후 씨, 잘 들리죠? 하다가 불편하면 끊어서 하면 되니까 부담 갖지 말고 해요."

윤후는 고개를 끄덕이며 헤드셋을 고쳐 썼다. 그리고 헤드셋에서 나오는 자신의 연주 소리에 눈을 감으며 미소를 지었다.

잊지 않아요 그대
울지 않아요 이제
그대와 함께한 겨울 그대와 함께한 추억이
가슴에 남아 이렇게 많아서 슬프지 않아요

윤후는 부드러운 목소리로 그동안 하지 못한 말을 진심을 담아 담담하게 부르려 애썼다. 그들과의 추억을 떠올리니 가사 하나하나에 진심이 담겼다. 그 모습을 부스 밖에서 지켜보던 이강유와 김 대표는 서로를 바라보며 침을 삼켰다.

"쟤, 뭐야? 이 곡은 또 뭐고?"

"일단 다 듣고 얘기해."

노래는 어느덧 하이라이트라고 할 수 있는 코러스에 다다랐고, 이내 윤후의 목소리에도 힘이 실리더니 감고 있던 눈을 떴다.

그저 난 감사할 뿐이죠. 항상 곁에서 지켜주던 당신을

때로는 내게 친구였고 때로는 가족으로 내 곁에 머물던 그대여

감사해요 고마워요

노래가 끝나자 부스를 보고 있던 이강유가 숨 쉬는 방법을 잊어버린 사람처럼 거친 숨을 몰아쉬었다.

"하아, 굉장하네."

"그걸 말이라고 해? 쟤, 뭐야? 누구한테 뭘 얼마나 고마워해야 저런 노래를 부를 수 있는 거냐?"

"너 지금 들은 MR은 어떠냐?"

"엄청 좋지. 따로 떠서 가져온 거야? 누가 세션 봐줬대?"

이강유는 얼굴이 잔뜩 상기되어 있는 김 대표를 쳐다보며 말했다.

"저 곡, 조금 전에 가녹음한 거 손도 안 대고 그대로 튼 거다."

"지랄하지 말고, 누구 곡이래?"

"저런 곡이 자작곡으로 다섯 곡 더 있대. 나 아까 쟤한테 너무 놀라서 미친놈이라 그랬다. 하아!"

이강유는 정신을 차리려고 숨을 크게 들이쉬고는 부스 안에서 감정을 정리하는 윤후에게 나오라고 말했다. 윤후의 무표정하던 얼굴은 스스로의 노래가 만족스러운지 가벼운 미소를 짓고 있었다.

"윤후 씨, 정말 대단……."

"이름이 윤후야? 성은? 소속사 있어요? 아니면 인디 밴드?"

"…김 대표야, 제발 좀 꺼져주라."

김 대표는 부스에서 나오고 있는 윤후의 옆에 찰싹 붙으며 쉴 새 없이 질문했다. 이강유의 짜증 섞인 말에도 전혀 개의치 않았다.

"이거 완전 대박이시네. 비주얼부터 실력까지. 하하! 자랑은 아니지만 우리 회사엔 실력 있는 사람들만 있거든요. 참, 윤송이라고 아시죠? 싱어송라이터 윤송."

윤후는 그러고 보니 매일 몇 십 곡씩 듣던 노래를 그 사건 이후 두 달 정도는 아예 듣지 않고 살았다. 처음 한 달은 아저씨들이 사라졌다는 실망감에, 그 뒤 한 달은 기타를 만들고 곡을 만드는 일에 열중하느라 전혀 듣지 않았다. 하지만 이상하게도 윤송이라는 이름은 어디서 들어본 것 같았다.

"요즘 노래를 통 못 들어서요. 그래도 이름은 들어본 것 같아요."

"흠흠, 그럴 수 있죠. 들어보시면 실망하지 않을 거예요. 어떻게… 회사 구경이라도 시켜드리고 싶은데, 연락처 좀 알 수 있을까요?"

김 대표의 행태를 보다 못한 이강유가 둘 사이에 끼어들었다.

"윤후 군, 수고했어요. 노래 정말 잘하네요."

"감사합니다."

"보컬 트레이닝도 받은 건가요?"

"아까 말한 다섯 명 중 한 명이 보컬 트레이너예요. 매일 노래 듣고 부르고 그랬거든요."

이강유는 이해했다는 표정과 함께 고개를 끄덕였다. 십 년 동안 배웠다면 어느 정도 이해가 갔다. 다만 아직 스무 살이라고 들었는데 너무 어릴 때부터 고생했을 윤후가 안타까웠고, 그런 것을 견뎌내고 음악을 놓지 않은 모습이 대견스러웠다. 물론 이건 이강유 혼자만의 착각이지만 말이다.

"윤후 씨는 가수 지망생이에요, 아니면 무슨 활동하고 계세요?"

"제가 무슨 가수예요. 아시잖아요. 저희 같은 사람들은 가수 되기 힘들다는 거."

"네? 왜요?"

윤후는 당연히 이강유도 알 것이라고 생각했다. 같은 상황을 겪어봤다고 오해하며 내뱉은 말이다. 한데 자신을 쳐다보는 이강유의 얼굴이 무슨 소리냐는 표정이다.

"저기… 그쪽 분도… 근데 뭐라고 불러야 하죠? 나이가 많으신 거 같은데."

"하하, 편하게 PD나 기사 아무렇게나 부르셔도 돼요."

"네. 그러니까 피디님도 아까 한 명한테 배우셨다고."

"네, 그랬죠. 어릴 때 피아노 과외를 받았거든요."

"네?"

"음? 왜 그러세요? 그게 문제가 되나요?"

윤후는 그제야 자신이 오해했다는 생각이 들어 아까처럼 이강유의 얼굴을 볼 수가 없었다. 다섯 명의 인격이 부끄러운 것은 아니지만, 혼자 착각하고 동질감을 느낀 자신의 행동이 부끄러웠다. 자신과 같다는 생각에 평소와 다르게 신나게 말을 뱉었건만.

게다가 가수 되기 힘들다는 말을 듣고 자신을 뚫어지게 쳐다보고 있는 김 대표의 시선까지 느껴졌다. 다시금 찾아온 익숙지 않은 상황에 아무 말도 뱉지 못하고 있을 때, 보다 못한 김 대표가 물었다.

"가수가 되기 힘들어요? 왜 일까? 혹시 전과 있어요?"

"네? 아니요. 그런 건 아니에요. 다만……."

"다만?"

윤후는 말을 꺼내려다 말고 말을 멈췄다. 처음 보는 사람 앞에서 자신의 얘기를 꺼내기가 망설여졌기 때문이다.

"흠, 왜 힘들지? 어디 아파요? 아니면 우리나라 사람 아니에요?"

"김 대표, 그만 물어봐. 곤란해하시잖아."

"궁금하니까 그러지. 요즘 술 처먹고 사람 쳐도 연예인 하고 사람 패는 놈들도 가수 하는데 못할 이유가 없잖아? 안 그래? 윤후 씨, 안 그래요?"

"네? 실은 제가 오래 아팠거든요."

그제야 김 대표는 말을 멈추고 놀란 눈으로 윤후를 쳐다봤다. 이강유도 김 대표를 보며 얼굴을 찡그렸지만 궁금했는지 윤후를 쳐다봤다.

"어디가 얼마나 아팠는데요? 지금 보기에는 멀쩡해 보이는데."

"태어날 때부터 쭉 아팠어요. 자폐증이었거든요. 그리……."

"대박! 전혀 자폐아 같지 않은데? 완전 대박이네. 병을 음악으로 치유하다. 스토리도 나오고 실력도 좋고."

말을 듣다 말고 중간에 잘라 버리고 반짝이는 눈빛을 보내는 김 대표였다. 김 대표의 말 때문에 가수를 하고 싶다는 속마음과 뒷얘기까지 얘기해도 되나 고민되었다.

"지금은 괜찮은 거 같은데요? 혹시 그런 건가? '런닝맨'에 나오는 천재 자폐아?"

"하아, 김 대표야, 그건 '레인맨'."

"그래, '레인맨'. 자폐아인데 암기 천재로 영화에 나오잖아.

윤후 씨도 그런 거예요?"

"다른 건 못 외워요. 오직 노래만요."

필요한 말만 대답하는 윤후의 말을 두 사람은 전혀 대수롭지 않게 여기며 오히려 신기해하는 얼굴이었다. 덕분에 모든 얘기를 꺼내지는 않았지만 자폐 증상에 대한 얘기만큼은 편하게 할 수 있었다. 한데 앞의 두 사람이 놀란 얼굴로 변했다.

"정말? 영화처럼 한 번 들으면 다 외워요?"

"아무리 그래도 그게 말이 되냐. 김 대표야, 그만 좀 가라. 녹음 좀 하게."

"가만있어 봐. 완전 신기하잖아. 그럼 한번 보여줄 수 있어요?"

윤후는 정신없이 말하는 김 대표 덕에 예전과 같은 느낌이 들어 오히려 편한 기분이 들었다. 다섯 명이 함께 말할 때보다는 못했지만 충분히 정신 사나운 김 대표였다.

"단순한 곡은 대부분요."

"와, 대박! 뭐로 해보지? 강유야, 아무거나 하나 틀어봐."

말을 잘하던 윤후가 갑자기 딱딱하게 변한 모습을 이상하게 쳐다보던 이강유도 내심 궁금했는지 바로 그 자리에서 노래를 틀고 윤후를 쳐다봤다. 윤후는 평소 하던 것이기에 아무렇지도 않게 스피커에서 나오는 노래를 듣기 시작했다. 처음 한 마디의 기타 연주를 듣던 윤후가 얼굴을 찌푸리며 입을 열었다.

“에? 이거 내 기타 줄 값 떼먹고 도망친 여자 노랜데?”

한 악절도 아니고 한 마디를 듣자마자 내뱉은 말에 김 대표와 이강유가 서로를 바라보다가 피식 웃으며 고개를 저었다.

“이 곡이요? 착각하신 거 아니에요? 좀 더 들어보세요.”

“맞아요. 두 달쯤 전인가, 수원역에서 봤는데. 이 곡 맞죠?”

윤후는 기타를 안고 잠시 눈을 감았다. 그러더니 머릿속에서 수원역 광장에서 자신이 친 곡을 떠올리며 연주를 시작했다. 두 달 전 이 노래를 마지막으로 들은 것이라서 정확하게 기억하고 있었다. 기억한 그대로 연주를 하고 나니 두 사람이 입가를 올리며 웃고 있었다.

“이 곡 들어봤죠?”

“네. 두 달 전에.”

“크크, 장난도. 딱 봐도 연습했구만, 뭘.”

“음.”

“에이, 어떻게 한 마디만 듣고 알아요? 웃지도 않기에 성격 나쁠 줄 알았는데 장난도 치실 줄 아시네? 하하!”

뭐가 좋은지 서로 바라보며 웃고 있는 두 사람을 보고 있을 때, 갑자기 녹음실의 문이 열리며 낯익은 사람이 들어왔다. 윤후는 들어오는 사람을 손가락으로 가리켰다.

“기타 줄 값 떼먹고 간 사람이 저 사람이에요.”

김 대표와 이강유가 녹음실로 들어오는 윤송을 봤다. 한데 윤송의 상태가 이상해 보였다. 녹음실 문손잡이를 잡은 채 윤후를 멍하니 쳐다보고 있었다.

"당신은… 그때 후!"

'…후? 날 부르는 건가?'

윤후는 자신을 후라고 말하는 윤송을 보고 고개를 갸웃했다.

*　　　*　　　*

"송이 너, 왜 혼자 왔어? 대식이는?"

"후, 드디어 만났네."

윤송이 손가락으로 윤후를 가리키며 '후'라는 말을 반복적으로 내뱉자 김 대표와 이강유는 의아한 얼굴로 두 사람을 번갈아 쳐다봤다.

"뭔데? 아는 사이야?"

"대표님, 저 사람이에요. 저 사람이 후라구요."

"그래, 알아. 윤후 씨. 그게 뭐?"

"제 노래요. '비탈길'을 바꾼 사람이 저 사람이라고요."

"…엥? 에… 어?"

김 대표는 천천히 고개를 돌려 윤후를 쳐다봤다. 무엇 때문인지 윤후는 시큰둥한 얼굴로 윤송을 쳐다보고 있었다.

"정말 윤후 씨가 바꾼 거예요?"

"뭐가요?"

"송이 노래 말입니다. 아까 들은."

"음? 한번 다시 들어볼 수 있어요?"

옆에서 흥미진진하게 상황을 지켜보던 이강유가 재빨리 노래를 틀었다. 윤후는 노래를 듣다 말고 평소에는 읽을 수 없던 얼굴이 기분이 드러날 만큼 표정이 일그러졌다. 그러고는 송이를 보며 말했다.

"진짜 도둑이네."

"아니… 그게 아니라……."

자신의 곡이지만 편곡을 해준 윤후의 허락을 받지 않았다는 생각에 순간 당황했다. 그 모습을 본 김 대표가 나섰다.

"윤후 씨를 찾으려고 해도 알 방법이 없었죠. 아시죠? 그래도 여기 모니터 보세요. 편곡자 이름을 'Who'라고까지 적어놨잖아요. 절대 몰래 쓰려던 건 아닙니다. 누구인지 몰라서 그런 거예요."

"네? 무슨 소리 하시는 거예요? 저 여자가 노래만 듣고 기타 줄 값은 안 주고 간 거잖아요. 내가 그때 30분도 넘게 기다렸는데. 기다리는 거 봤으면 무슨 얘기라도 해야죠."

"…에? 그러니까 곡을 마음대로 써서 그러는 게 아니라고?"

곡에는 전혀 신경 쓰지 않는 것 같은 모습에 세 사람은 멍하니 윤후를 쳐다봤다. 여전히 기분 나빠하는 윤후의 얼굴을 본 김 대표가 크게 웃었다.

"하하, 진짜 미치겠다! 윤후 씨, 기타 줄 값 얼마야? 내가 이자까지 쳐서 줄게."

김 대표는 얼굴에 함박웃음을 지은 채 의자를 끌고 윤후의 옆으로 바싹 다가왔다.

"우리 인연이네요. 그렇죠? 하하! 계좌 있어요? 편곡비도 넣어줄게요. 아직 저작권이 정산 안 됐지만 미리 계좌 등록해 놓으시면 들어오는 대로 윤후 씨가 바로 받을 수 있게 해드릴게요."

"김 대표, 너 사람 되려고 그래? 안 하던 짓 하고 이상하네."

"하하, 줄 건 주고 시작해야지. 나 원래 이런 사람이잖아? 계산 깔끔한 사람. 안 그래?"

저작권이란 얘기에 혹한 윤후는 음악 감독 배성철이 한 말이 떠올랐다. 언제나 중요하다고 말하던 저작권 얘기였다. 하지만 정작 중요하다고만 들었지 어떻게 등록해야 하는지 자세한 얘기는 듣지 못했는데 김 대표의 말을 들어보니 꽤 쉽게 느껴졌다. 도둑으로 생각한 윤송 때문에 평소보다 말을 많이 한 윤후는 껄끄러운 윤송과의 대화를 끊어버렸다.

"기타 줄 값은 됐어요. 기다리라고 해서 기다렸는데 안 와서 기분 상한 거니까요."

"미안해요. 어? 그런데 외국인도 아니고 벙어리도 아니…네?"

"네, 아니에요. 한국 사람이고 벙어리도 아니에요. 그런데 아저씨."

"아저씨? 저요? 전 김기상입니다. 그냥 김 대표라고 부르세요."

윤후는 고개를 끄덕이며 조심스레 입을 열었다.

"네, 김 대표님. 제 곡도 저작권 등록할 수 있어요?"

"하하하, 물론이죠. 일단 저작권에 등록하려면 소속사가 있으면 편합니다. 왜냐고요? 알아서 다 해드리거든요."

윤후가 고개를 끄덕일 때 옆에서 지켜보던 이강유의 혀를 차는 소리가 들렸다.

"저 사기꾼 말 듣지 마세요. 기획사 없어도 혼자서 충분히 가능해요. 김 대표가 저작권 등록할 때 비용도 다 내놔서 변경만 하면 언제든지 등록 가능해요."

"그럼 이번에 녹음하는 것도 등록할 수 있는 거예요?"

"음원 발매하고 CD 구워서 제출하면 가능하죠. 그런데 가수 못한다고 아까 그러셨잖아요."

"아, 그렇구나."

아쉬웠다. 지금은 비록 인격들의 말이 들리지 않지만 그렇다고 가수를 하자니 뭔가 그들의 목소리가 들리지 않는 걸 좋아하는 것처럼 느낄까 봐 쉽사리 할 수 없었다. 인격들이 알았다면 물론 아니라고 했을 테지만 윤후는 아직 그들이 그리웠다.

이강유는 풀이 죽은 윤후의 얼굴을 가만히 바라봤다. 그러다 문득 이상한 점을 발견했다. 미간이 보일 듯 말 듯 찌푸려졌다가 펴지는 현상이 바쁘게 일어나고 있었다. 그제야 무표정함에도 자세히 보면 표정이 다르다는 걸 알고는 피식 웃었다.

"윤후 씨, 너무 어렵게 생각하지 말아요. 아이돌이 아니면 방송 활동 안 해도 괜찮아요. 심지어 기념으로 디지털 싱글로 음원 내는 사람도 있는걸요."

"……."

"TV에 나오고 싶어서 음악 하는 거 아니잖아요? 노래가 좋아서 하는 건데 아무렴 어때요."

"TV에 나오고 싶은데… 사람들이 제 노래를 많이 들어줬으면 좋겠어요."

"하하하! 그래요? 그렇게 하고 싶은데 왜 안… 아니, 못하시는 걸까?"

"제가 실은……."

윤후는 고민 끝에 병원에서 해리성 정체감 장애 진단을 받았다는 말을 했다. 물론 인격에 대해서는 자세히 말하지 않았다. 그것까지는 말하고 싶지 않았다. 자신은 그들을 좋게 생각하지만 다른 사람들이 그들을 어떻게 생각할지 모르기에 조심스럽게 얘기를 꺼냈다.

"쉽게 말해서 다중인격이라는 얘기예요? 지금은 괜찮고?"

"네. 완치 판정 받으려면 한참 더 지켜본 뒤에 가능하지만, 일단은 괜찮아요."

윤후의 얘기를 듣는 세 사람은 신기한 듯 윤후를 보고 있었다. 이강유는 윤후의 표정을 살피고 있었고, 김 대표는 고개를 끄덕이며 손가락을 까딱거렸다. 그리고 윤송은 안쓰러운 눈빛으로 윤후를 바라봤다.

잠시 뒤 김 대표는 손가락 까딱거리는 것을 멈추더니 다른 사람들을 보며 말했다.

"완전 대박이지? 어떻게 그럴 수 있지? 스무 살 삶 자체가 영화야, 영화. 진짜 송이 네가 이름 모를 때 부르던 'Who'가 딱 어울린다. 'Who'."

윤후는 자신의 얘기를 꺼내긴 했지만 세 사람의 시선이 부담스러워 서둘러 얘기를 마무리 지으려 했다.

"그래서 힘들 것 같아요. 녹음한 걸로 만족하려고요."

"그게 뭐 어때서요?"

"네?"

김 대표는 씨익 웃으며 윤후를 쳐다봤다.

"사람들은 오히려 그런 스토리 있는 걸 더 좋아하거든요."

"……."

"연예계에 있다 보면 정신병 앓고 있는 사람 진짜 많아요. 공황장애라든가 우울증, 조울증… 아무튼 엄청나게 많아요. 윤후 씨는 그중 한 명일 뿐인데 조금 특이할 뿐이죠. 하하!"

김 대표의 말을 듣다 보니 정말 아무것도 아닌가 하는 생각이 들었다. 그동안 봐온 아버지는 말할 것 없고 의사들의 반응과는 전혀 다른 모습이 생소하게 느껴졌지만 싫지는 않았다. 김 대표의 말대로 할 수 있을 것 같다는 생각이 들었다.

그때, 윤후의 얼굴을 유심히 보던 이강유가 말했다.

"저 사람은 사기꾼 기질이 다분하니까 걸러 들어야 해요. 김 대표 말이 틀린 말은 아니지만 그렇다고 마냥 좋지만은 않아요. 윤후 씨의 인기가 올라갈수록 사람들이 윤후 씨의 얘기를 다 알아버리는 거예요. 윤후 씨를 좋아해 주는 사람도 있을 거고 불쌍하게 보는 사람도 있을 거예요. 그리고 윤후 씨 얘기를 믿지 않는 사람들도 있을 거고 욕하는 사람도 있을 거예요. 그런 모든 걸 다 감내해 내야 하거든요. 오로지 혼자서! 모든 것을! 그러니까 멀쩡한 사람도 정신병에 걸리는 거예요."

윤후는 팔랑귀처럼 이강유의 얘기를 듣다 보니 또 그런 것 같다고 느껴졌다. 가수는 하고 싶은데 지금 당장은 이강유가 말한 것을 감당할 수 없을 것 같았다. 김 대표는 옆에서 이강유를 노려보며 더 이상 말을 뱉지 않았고, 옆에서 얘기를 듣고 있던 윤송이 조그맣게 말했다.

"저… 말씀 중에 죄송한데요. 피디님, 저도 윤후 씨가 녹음한 거 한번 들어보고 싶은데……."

"응? 아직 제대로 녹음 안 했는데. 가녹음밖에 안 했어."

"그럼 지금 녹음도 안 하고 김칫국부터 마시… 아, 아니에요."

"너, 가녹음이라도 들어볼래? 김칫국을 솥째 마시게 될 텐데? 하하! 그래도 네 말대로 녹음부터 해야겠다."

당장 녹음을 하기에는 시간이 애매했다. 윤송의 인터뷰를 녹음실에서 하기로 했기에 잠시 후면 방송국에서 인터뷰 준비를 위해 올 시간이었다.

"윤후 씨, 오늘 밤에 시간 돼요? 인터뷰 끝나고 녹음할 수 있어요?"

"밤이요? 아빠가 걱정하시긴 해도 전화 드리면 괜찮을 것 같기도 해요."

"그럼 한 여덟 시부터 괜찮아요? 제대로 하려면 밤새야 할 텐데 피곤하면 내일부터 하고요. 제대로 만들려면 하루에 한 곡씩 6일 정도 걸릴 거예요."

"그건 괜찮은데……."

"무슨 문제 있어요?"

제대로 녹음을 한다니 좋기는 한데 주머니 사정이 신경 쓰였다. 아까 듣기로는 엔지니어비 별도라고 했는데 부족한 돈이 걱정되었다.

"왜 그래요?"

"저기 피디님, 가격이 얼마나 할까요?"

"아, 하하하! 걱정 말아요. 여섯 곡이라고 했죠? 무료로 해주고 싶은데 그럼 부담되겠죠? 대여비는 빼고 믹싱비랑 마스터링비만 주세요. 하하!"

"그게 얼마예요?"

"에이, 걱정 말래도요. 대신 앞으로도 녹음할 일 있으면 와요."

윤후는 자신을 보며 미소 짓고 있는 이강유에게서 오해 때문에 생긴 동질감을 느끼기는 했어도 지금처럼 친근감을 느끼지는 못했다. 한데 지금 모습에서는 이상하게도 배성철의 모습이 겹쳐 보이며 친근하게 느껴졌다.

"감사해요. 그런데 왜 하루에 한 곡만……."

"녹음 시간은 천차만별이긴 해요. 얼마나 잘하느냐에 따라 다르겠지만, 가수들은 앨범 만들 때 보통 한 곡씩 하죠. 곡마다 감정도 다르고 은근히 힘들 거든요. 앨범 녹음하는 거."

배성철은 윤후의 실력이라면 이틀에 여섯 곡은 소화할 수 있을 거라고 했는데 무료로 해준다는 사람 앞에서 그 말을 하기는 어려웠다. 컴퓨터 안에 담긴 곡을 생각하다 혼잣말을 무심코 내뱉었다.

"그럼 한… 일 년을 꼬박 해야 되나?"

이강유는 윤후의 혼잣말에 크게 웃어 젖혔다.

"하하하, 무슨 일 년이나 해요. 걱정 마요. 아까 들어본 대로만 하면 금방 끝날 거 같아요."

"음, 그게 아니라 매일 한 곡씩 하면 일 년 정도 걸릴 거 같다는 말인데."

"에?"

퀄리티는 다소 차이가 나지만 차근차근 만든 곡이 쌓이고 쌓여 300여 곡 정도 되었다. 그렇기에 대수롭지 않게 말했는데 다시 입을 벌리고 자신을 쳐다보고 있는 세 사람의 시선이 부담스러웠다.

"크흠. 300곡이나 쓴 거예요?"

"조금 넘을 거예요. 어릴 때부터 만든 곡을 쌓아둔 거예요. 가르쳐 주신 분이 그래야 실력 느는 것도 보이고 부족한 것도 알 수 있다고 했거든요."

옆에서 삐쳐 있던 김 대표가 다가오려는 찰나, 이강유가 막아서며 먼저 말을 뱉었다.

"진짜 대단하네요. 오늘 윤후 씨 만나고 하루 종일 놀라기만 하네요."

누군가에게 오랜만에 듣는 칭찬에 윤후의 눈썹이 바삐 움직였다.

*　　　　*　　　　*

녹음실을 강탈당하듯 빌려주고 밖에 나와 있는 이강유의 옆에는 윤후가 함께였다. 이강유는 아까와는 다르게 윤후에게 말을 편히 하고 있었고, 윤후 역시 개의치 않는 표정이었다.

"여섯 곡 전부 기타로만 만들었어?"

"일단은 기타로 만든 다음에 필요한 악기는 컴퓨터로 작업했죠."

"오! 너 미디도 다룰 줄 알아? 뭐 쓰는데?"

"프로툴이랑 로직, 큐베이스요."

"와, 너 진짜 물건이구나? 끝도 없이 놀라게 하네."

"재밌기도 했고요. 집에서 마땅히 할 것도 없었거든요."

좀 전에 윤후가 자신의 얘기를 할 때 초등학교 때부터 학교를 안 다닌 것을 들었기에 안쓰러운 마음이 들었다. 하지만 윤후는 아무렇지도 않은 듯 무표정인 얼굴로 말했다. 안쓰러운 마음이 들다가도 그 모습을 보니 웃음이 나왔다.

"하하, 원래 천재는 외로운 거지. 이 형은 지금도 외롭잖아."

"……."

이강유는 혼자 웃다 말고 반응이 없는 윤후의 얼굴에 머쓱해하며 미소 지었다.

"짜식이 반응 없기는… 그래서 연예인 하겠어?"

"연예인 아니고 가수 할 거예요."

"가수도 연예인이야, 인마. 형도 예전에 활동할 때 싫어도 예능에도 나가고 그랬어. 인지도 올리려면 어쩔 수 없어."

윤후는 활동했다는 말에 이강유를 천천히 뜯어보다시피 쳐다봤다. TV나 음악을 많이 들었기에 웬만하면 다 알지만, 이강유라는 이름은 전혀 기억에 없었다.

"가수였어요?"

"그렇지. 가수였지."

"모르겠는데요."

"잠깐 했거든. 1집 앨범 내고 접었지. 아까 봤지? 김 대표. 그놈이랑 듀엣 그룹이었어. 아마 말해도 모를걸? 'M.B'라고 모스트바운스. 모르지? 검색해도 전 대통령 이름만 나오거든. 하하!"

윤후는 'M.B'라는 이름을 듣고 고개를 끄덕거렸다. 너무 어릴 때라 TV로는 본 적 없지만 2002년 월드컵 때 잠시 나왔다 사라진 그룹이란 것을 알았다. 물론 노래는 전부 기억했다.

"1번 '트랙 비타민', 2번 '고백', 3번 '위드 유', 4번 '행복한 날', 5번… 11번 '마지막 낫씽 유.'"

앨범의 순서대로 곡명을 말한 뒤에도 윤후의 말은 멈추지 않았다.

"보컬의 딕션이 외국인이 부르는 것같이 들리던 그룹이네요. 지금 떠올려 보니 3번 트랙은 꽤 괜찮은 거 같은데요? 완성도가 꽤 높네요."

그런 엄청난 말을 내뱉고도 아무렇지도 않은 듯 달달한 커피를 한 모금 들이켰다. 그러고는 이강유를 보니 아까 보던 표정으로 자신을 쳐다보고 있었다.

"놀라셨어요? 아까 말했는데. 웬만한 노래는 다 기억한다고."

"아, 아, 그랬지. 그, 그래도… 하아, 너 설마 우리 팬은 아니지?"

이강유가 말을 더듬는 모습에 윤후는 자신도 모르게 피식 웃었다. 아버지를 제외하고 남들 앞에서 미소를 보이는 것이 처음이지만, 그것을 인지하지 못하고 있었다. 다만 오늘 지금 이 순간이 새롭고 재미있다고만 느껴졌다.

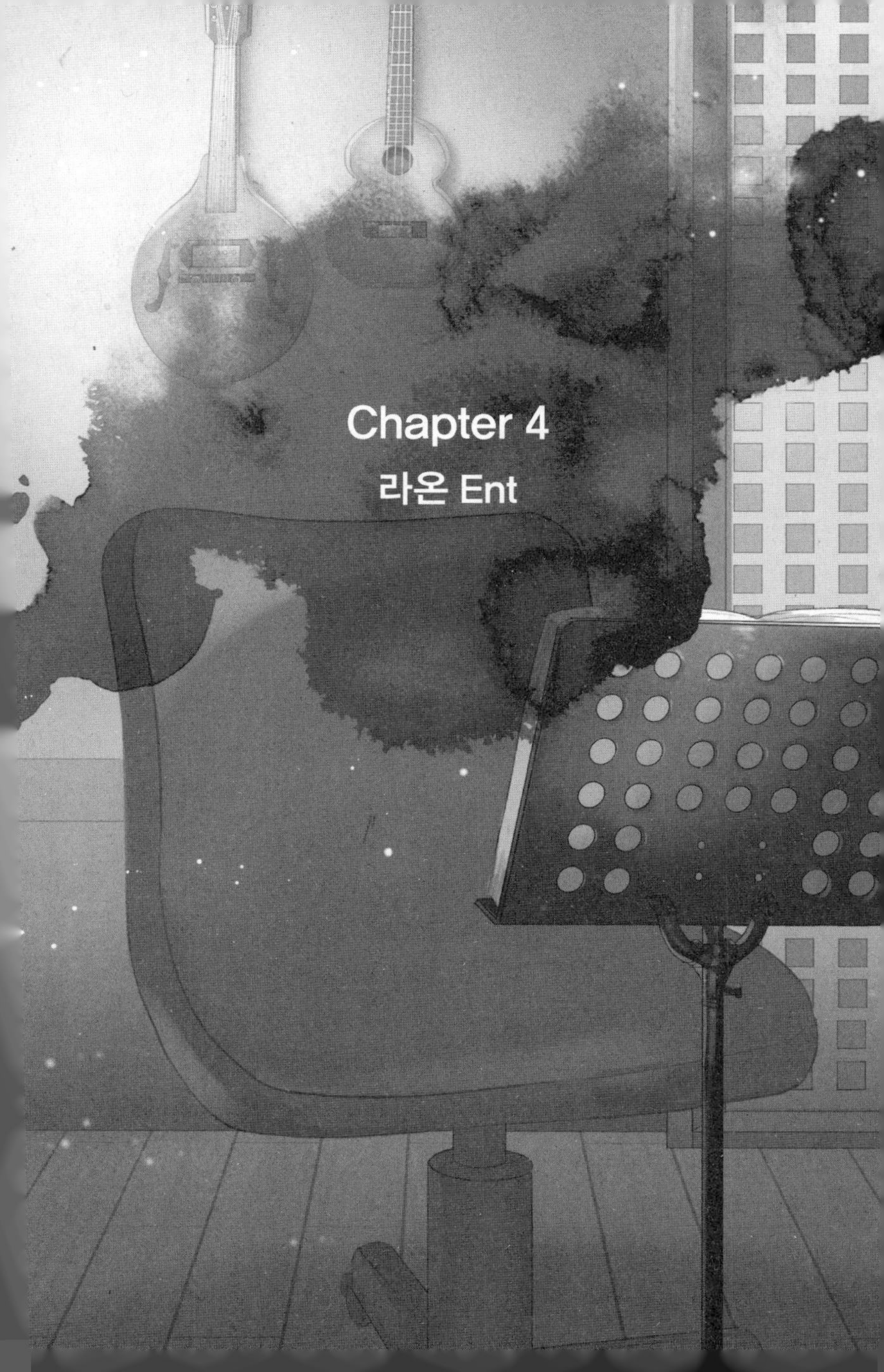

Chapter 4

라온 Ent

늦은 밤, 녹음실 부스 문을 열고 윤후가 나왔다. 터벅터벅 걸어서 컴퓨터 앞의 이강유에게 다가갔다.

"수고했어. 앉아 봐."

"네."

"이거 뭐 녹음할 때마다 신기하다. 어떻게 실수를 한 번도 안 해? 게다가 곡이 다 좋아? 다른 가수가 들으면 자기 달라고 난리도 아닐 거야."

"감사해요."

"웃기는… 일단 내일까지 마무리는 해둘게. 음원으로 발매

할 건지 집에 가서 생각 좀 해봐. 일단 믹싱해 봐야겠지만 묵혀두기에는 너무 아까워."

마지막 곡의 녹음을 남겨두었지만, 음원을 발매할지에 대한 생각은 아직도 고민 중이었다.

*　　　*　　　*

아침을 준비하기 위해 거실로 나오던 정훈은 소파에 멍하니 앉아 있는 윤후를 발견했다.

"아들, 또 아침에 왔어? 전화하라니까. 아빠가 데리러 간다고."

정훈은 대꾸가 없는 윤후 옆에 털썩 앉으며 어깨동무를 했다.

"왜 이렇게 멍하니 있을까? 녹음 잘 안 됐어?"

그제야 윤후는 정훈을 봤다. 한동안 말없이 그의 얼굴만 바라보다가 어렵사리 말을 뱉었다.

"아빠, 저 가수 해도 될까요?"

윤후가 어떤 마음인지 어렴풋이 느끼고 있었기에 정훈은 어깨동무를 풀며 말했다.

"가수 하려니까 미안해? 할배나 아저씨들, 딘한테?"

말없이 고개를 끄덕거리는 윤후를 보니 안쓰러우면서도 뿌

듯했다. 학교도 못 다닌 윤후가 비록 인격이라지만 그들을 배려하는 모습에 잘 컸다는 생각이 들었다.

"왜 미안할까? 너네 매일 가수 하라고 싸우지 않았어? 아빠가 알기로는 아저씨들이 너 가수 했으면 좋겠다고 매일 말한 것 같은데."

녹음실을 처음 다녀온 날부터 눈에 띄게 밝아진 윤후였다. 녹음실에서 무슨 일이 있었는지, 칭찬을 받은 얘기를 꺼내는 윤후를 보며 이제는 다른 사람들처럼 살 수 있을 거라고 생각했다. 그렇기에 지금 윤후가 하는 고민이 정훈에게는 다른 이유로 고민이 된 것이다. 아들의 밝은 모습, 웃는 모습을 조금 더 보고 싶었다.

"그 사람들이 지금 아들 모습 보면 바보같이 뭐 하냐는 거냐고 막 소리지를 거 같은데? 안 그래? 딘만 해도 한 번만이라도 TV에 나오고 싶다고 그랬잖아. 그래서 아들이 꼭 데려간다고 그러지 않았어?"

다시 고개를 돌려 멍하니 있는 윤후를 지켜보며 기다려줬다. 아마도 그들과 함께한 시간을 떠올리고 있을 것이기에.

잠시 후 윤후는 고개를 돌려 정훈을 쳐다봤다.

"아빠, 녹음은 끝났는데 나머지 곡들도 형이 봐준다고 해서 오늘도 나가려고요."

생각을 끝마친 듯한 윤후의 모습에 고개를 끄덕이며 미소를 보냈다.

"알았어. 밤새워서 하지는 말고, 밥도 잘 챙겨 먹고, 아빠한테 자주 전화하고. 알겠어?"

"네, 걱정 마세요."

"아침밥 금방 차릴게. 밥 먹고 자."

소파에 앉아 있는 윤후의 얼굴이 아까와는 달리 편해 보였고, 아침을 준비하는 정훈의 얼굴에도 미소가 걸려 있었다.

* * *

녹음실 컴퓨터 앞에 앉아 있는 김 대표는 모니터 스피커에서 흘러나오는 윤후의 곡을 듣고 있었다. 녹음실에 오자마자 듣기 시작해서 몇 시간이 지난 지금까지 반복해서 듣는 중이다.

"신기하냐?"

"어. 완전. 이거 다른 사람이 써준 거 아니야? 곡들이 어떻게 이렇게 다 느낌이 달라? 다른 건 둘째 치더라도 완전 좋아. 특히 세 번째 곡."

"누가 써준 건 아닐 거야. 윤후 그놈, 진짜 천재야. 나중에 예전 우리 활동하던 곡 들려달라고 해봐. 난 기절하는 줄 알았다."

김 대표는 윤후가 진심으로 탐이 났다. 하지만 녹음실에서 몇 번 마주칠 때마다, 이상하게도 자신과는 거리를 두는 듯한 느낌이 들었다.

"강유야, 정말 어떻게 안 되겠냐? 정말 잘 키울 자신 있다니까?"

"왜 나한테 그러냐. 윤후 오면 직접 말해."

"야, 너한테는 형이라 그러고 나한테는 아저씨라 그러는데, 딱 봐도 니가 친하잖아."

"아, 몰라. 음원 발매도 고민하는 애한테 무슨 기획사야?"

"이건 뭐, 딱 우리 회사에 맞는 애잖아. 연습생 생활할 필요도 없을 만큼 완벽하지, 바로 홍보만 해주면 이건 딱 봐도 건물 한 채야."

"연습생도 없으면서 무슨 연습생이야? 하여간 허세는… 인마, 니가 자꾸 헛소리하니까 윤후가 너 보면 그나마 하던 말도 안 하잖아."

"연습생 있거든?"

이강유가 작업을 마쳤을 때, 마침 녹음실에 온 김 대표가 윤후의 미니 앨범을 듣게 된 후로 계속 닦달하는 중이다. 그 이후로 김 대표에게 오랜 시간 시달린 강유는 지쳤는지 의자에 누운 것처럼 널브러져서 이젠 그러려니 하며 대답했다.

"너희 회사 애들이나 잘 챙겨. 요즘 송이 잘나가잖아."

얼굴을 씰룩이던 김 대표는 아차 하는 표정으로 빠르게 휴대폰을 꺼내 시간을 확인했다.

"야, 강유야, TV 틀어봐. MBS."

"아, 좀 너네 회사 가서 TV 봐라. 일요일인데 너랑 같이 있어야겠냐?"

"좀 틀어줘. 송이 나오는 거 모니터링 해야지."

강유는 귀찮아하며 누워 있던 몸을 일으켜 컴퓨터로 TV를 틀었다.

"몇 시야? 네 시인데 어디서 인터뷰가 나온다는 거야?"

"어휴, TV 좀 보고 살아라. MBS는 세 시 반부터 하거든?"

연신 티격태격하며 TV를 보던 중 윤송의 인터뷰가 나왔다.

"왜 저렇게 얼어 있어? 너 지켜보고 있던 거 아니야?"

"난 최 PD한테 전화하고 있었지. 잘 도착했다고. 대식이가 보고 있었을 텐데 왜 저렇게 촌스럽게 나왔지?"

"하하하, 어디 소풍 나온 중학생 같잖아. 너 예전에 인터뷰할 때랑 똑같네."

"아이씨, 편집 좀 잘해주지."

인터뷰는 계속되었고, 윤송의 '비탈길'에 대한 얘기가 나왔다.

—가수는 곡명에 좌우된다고 그랬는데 송이 씨를 보면 전

혀 그런 게 없는 것 같아요. 어떻게… 본인도 지금의 인기를 실감하시죠?

—아직 실감은 안 나요. 여전히 잘 몰라보세요. 헤헤.

—비탈길이 내리막이 아니라 오르막인 거 아닌가요? 짧은 시간 안에 연령대 불문하고 좋아해 주기는 힘든데 비결이라도 있나요?

—음, 비결은 아니고요, 편곡을 너무 잘해주셔서 그런 것 같아요. 원곡이 이 정도는 아니었거든요. 그때 이후로 못 만났는데 며칠 전에 여기서 다시 봤어요.

이강유는 송이의 인터뷰 내용을 듣다 말고 김 대표를 노려봤다.

"…너지?"

"아니야! 나 아니다."

"뭘 아니야? 네 반응 보니까 딱 네가 시켰네. 너 저러다 윤후한테 큰 회사 붙으면 어쩌려고 그러냐?"

"아, 그건 생각을 못 했네."

강유는 김 대표를 향해 혀를 차며 컴퓨터 앞으로 자리를 옮겼다. 그러고는 윤후가 만든 곡을 들어보았다. 아직 이렇다 할 앨범이 없기에 음악 저작권 위원회가 아닌 한국 저작권 위원회에 등록을 하긴 했다. 하지만 이대로 묻혀두기에는 노래가 너무 아까웠다. 그리고 그때, 녹음실 문이 열리면서 곡 주인인 윤후가 들어왔다.

딸랑.

윤후는 녹음실에 몇 번 오지도 않았건만 무표정한 얼굴로 익숙하게 소파에 기타 케이스를 내려놓았다. 그러고는 자신을 반짝이는 눈으로 쳐다보고 있는 김 대표를 힐끔 쳐다보고는 고개를 돌려 부스로 향했다.

"오자마자 녹음하려고?"

"네. 마지막 곡만 녹음하면 끝나잖아요."

"목도 좀 풀고 그래."

"집에서 이미 많이 풀고 왔어요."

강유는 참 감정 없이 말하는 윤후를 보며 피식 웃었다. 그러고는 잠시 쉬라며 의자에 억지로 앉혔다.

"뭐가 그렇게 급해? 어차피 음원 발매도 안 한다며."

그때, 윤후가 강유의 눈을 멀뚱히 쳐다봤다. 뭔가 말을 꺼낼 것 같으면서 쉽게 꺼내지 않는 모습에 강유는 그 모습을 의아하게 쳐다봤다. 그때, 윤후가 들릴 듯 말 듯 조용한 목소리로 말했다.

"발매 할 건데요."

"응? 뭐라고?"

"음원 낼 거예요."

윤후의 말을 듣고 있던 김 대표가 이강유의 눈치를 보며 조용히 끼어들었다.

"그럼 활동도?"

"TV 나오고 그런 거요?"

"그렇지. 그런 거. 활동하려면 소속사가 있는 게 편하지. 자잘한 것 신경 쓸 필요도 없고 그냥 열심히 노래만 부르면 되거든."

안 그래도 음원을 발매한다는 말과 함께 소속사를 어떻게 해야 하나 이강유와 상의하려 했다. 마침 말이 나온 김에 강유를 보며 물었다.

"형, 어떻게 해야 해요?"

"정말 많이 생각하고 결정한 거야?"

"네."

"형이 말한 것도 기억하지? 힘들 거란 말. 좋기만 하지는 않을 거란 것도."

이강유의 말에 걱정해 주는 진심이 느껴졌다. 만난 시간은 짧았지만 말 한마디 한마디에 언제나 자신을 생각해 줬다. 마치 십 년간 같이 지낸 사람들같이.

"괜찮아요. 하고 싶어요."

"그래, 하긴 나만 듣기에는 너무 아까웠거든. 마음 같아서는 엠프 들고 나가서 길에서라도 틀고 싶었다."

강유의 누그러진 모습에 김 대표가 조심히 끼어들었다.

"강유야."

이강유는 못마땅한 얼굴로 김 대표를 쳐다본 뒤 툭하고 말을 뱉었다.

"윤후야, 이 사기꾼이 너랑 계약하게 도와달란다."

"야, 인마. 사기꾼이라니? 너무하네."

"그럼 협잡꾼. 아무튼 김 대표 얘기나 좀 들어줘. 그냥 사기꾼 같은데 지네 회사 애들은 끔찍이 아끼니까. 들어보고 마음에 안 들면 형이 다른 곳 소개해 줄게."

"네. 일단 들어볼게요."

말이 끝나자마자 김 대표는 윤후를 소파로 데리고 가 앉혔다. 일단 회사 소개를 한다며 시작한 얘기가 끝날 줄을 몰랐다. 언뜻 듣기로는 유일무이한 기획사 같은 느낌이었다. 실제로 본 적이 없으니 자신 있게 소개하는 김 대표의 말을 믿으려 할 때 이강유가 혀를 찼다.

"그러니까 너더러 사기꾼이라고 하는 거야. 재진이 형은 있다가 나갔잖아. 나간 사람까지 뭐 하러 다 소개하고 그래?"

"크흠, 일단 얘기를 해줘야지. 숨김없이. 하하하하! 한마디로 말해서 많은 내로라하는 가수들이 거쳐 갔지. 그 정도만 말해도 우리 회사가 어느 정도인지 알겠지? 하하하!"

"음, 그런데 소속사 같은 게 꼭 필요해요?"

"당연하지. 뭐, 이미 인기가 탑급인 연예인 중에는 매니저랑 둘이 다니는 사람도 있지만 윤후 너는 아직 앨범도 안 나온 신인이잖아. 니가 어디 나가고 싶은데 혼자서 가능할까? 절대 안 되지. 그리고 네 앨범 홍보, 일단 음원이긴 하지만 반응 좀 보고 앨범 내면 제작도 해주지."

김 대표의 입에서는 끝도 없이 소속사가 필요한 이유가 나왔다. 그런 자세한 것까지는 배운 적이 없기에 김 대표의 말에 집중할 때 이강유가 윤후의 어깨를 툭 쳤다.

"네가 편하게 음악하면서 음악으로 돈 벌게 해주는 역할이야. 뭐 쉽게 말하면 잡일 해주고 돈 받아가는 정도 될까? 그리고 기상이네 회사에 잠깐 있어보는 것도 괜찮아. 다른 회사랑 다르게 조금 자유로우니까. 보이지? 대표가 저 모양이라서."

"야, 내가 어때서? 음악은 자유로워야 잘 나오는 거야! 존중해 주는 거지, 존중!"

"존중은 개뿔, 송이만 봐도 제멋대로 하잖아. 너네 회사만 가면 애들이 다 그 모양이야. 처음에 녹음할 때는 애가 얼마나 싹싹했는데. 어휴!"

가만히 생각하던 윤후가 두 사람의 아옹다옹하는 모습에 피식 웃었다.

"어? 너 웃을 수 있어?"

"처음 봤냐? 이제 너도 좀 편해졌나 보네."

"넌 언제 봤는데?"

"난 둘째 날 봤지."

"큼. 어쨌든 신선하네."

윤후는 머쓱함에 다시 무표정으로 얼굴을 바꾸다가 자신을 위아래로 훑어보는 김 대표와 눈이 마주쳤다.

"너 머리는 좀 깎아야겠다. 요즘 누가 그러고 다녀. 설마 애정 있게 기른 머리를 자른다고 계약 안 하고 그런 건 아니지? 하하!"

단지 머리를 자르려면 사람들과 부딪쳐야 한다는 게 껄끄러울 뿐이었다. 그다지 애정도 없고 스스로도 귀찮다 생각했기에 고개를 끄덕였다.

"그래, 그건 천천히 하자. 녹음 끝났으면 당장 할 것도 없을 텐데 말 나온 김에 내일 회사에 와서 한번 구경이라도 해봐."

"안 가도 돼요?"

회사라고 해봤자 녹음실보다 흥미로운 장소는 아닐 것 같았다. 물론 아직까지 새로운 장소를 가야 한다는 껄끄러움도 있었다. 그런 윤후의 어깨를 툭 치며 강유가 웃었다.

"한 번쯤 가보고 결정하는 것도 좋아."

"음. 형도 가요?"

"내가 왜? 난 스튜디오 지켜야지 어딜 가? 너 혼자 다녀와."

"그럼 저도 별로……."

이강유는 옆구리를 찌르는 김 대표의 손을 쳐냈다.

"알았으니까 그만 찔러. 윤후 너, 나중에도 같이 가자고 그럴 건 아니지?"

이강유는 아무 말 없이 자신을 멀뚱히 쳐다보기만 하는 윤후의 모습에 왠지 자신의 앞날이 캄캄해지는 것 같았다.

*　　　　　*　　　　　*

스튜디오에서 그다지 멀지 않은 거리에 위치한 '라온 Ent' 건물 앞에 선 윤후는 한눈에 들어오는 건물을 보고 있었다. 김 대표가 말하던 모습과는 영 딴판이었다. 곧 무너질 것 같은 오래된 3층짜리 건물이었다.

"강유 형, 여기가 어제 아저씨가 말한 회사예요?"

"크큭, 왜? 무너질 거 같아?"

"음, 아니에요. 아저씨랑 잘 어울리네요."

"하하하, 외관만 저래. 내부는 깔끔한 게 괜찮아. 기다린다고 했으니까 가보자."

빌딩 문을 열고 들어가니 동네 상가에서 볼 수 있는 경비실이 보였고, 그 안에는 나이가 많아 보이는 경비원이 있었다. 강유는 반가워하며 경비원에게 인사를 나눈 뒤, 계단을 올라가며 윤후에게 말했다.

"신기하지? 기상이가 이 건물 인수하기 전부터 계시던 분이야. 이 회사에서 제일 오래 계셨을걸. 너도 잘 보여야 할 거야. 하하!"

계단을 오르며 다시 뒤를 돌아 경비원 할아버지에게 인사를 한 윤후는 터벅터벅 강유를 따라 올라갔다. 건물 마지막 층인 3층에 도착했음에도 강유는 계속 올라갔고, 옥상 문을 열고서야 올라온 이유를 알았다.

"하하, 완전 지지리 궁상이지? 돈도 많이 벌었을 텐데 왜 저러고 사나 몰라."

강유를 따라 옥상에 있는 옥탑방문을 열고 들어가자 생각하던 것과는 전혀 달랐다. 옥상에 사는 것이라 생각했는데 옥상이 사무실이었다. 김 대표를 포함해 네 명이 좁은 방 안에 있었다. 그것도 다닥다닥 책상이 놓여 있어서 움직이기도 힘들어 보였다.

"나 왔다. 선영 씨, 유미 씨, 오랜만. 종락이는… 또 밤새웠나 보네."

강유의 익숙한 인사에 사무실 안에 있던 사람들의 시선이 집중되었다. 김 대표는 그중 제일 구석에 위치한 책상에서 힘겹게 일어나며 윤후와 강유를 반겼다.

"왔어? 휴게실에서 전화하지 뭐 하러 여기까지 올라왔어.

인사해. 우리 회사 직원들이야."

"안녕하세요."

짧은 인사 때문인지 김 대표는 머쓱하게 웃으며 서로를 소개했다.

"여긴 우리 총무 겸 재무 팀장 김선영이고, 나중에 너한테 정산해 줄 사람이야. 잘 보여. 하하!"

"혼잔데 팀장은 무슨. 반가워요."

"그리고 저쪽 하유미 씨는 마케팅 담당이고, 저기 하품하고 있는 놈은 음반 제작 담당이야. 그리고 이쪽은 내가 얘기한 오윤후고."

그제야 눈을 끔벅이던 종락이라는 사람이 윤후를 보며 말했다.

"오, 송이 노래 바꿔준 친구? 반가워요."

"네."

"차차 인사하고 여기는 좁으니까 내려가자. 회사 소개해 줄게."

이미 옥탑방 사무실을 본 터라 큰 기대는 되지 않았다. 강유의 말과는 달리 밖에서 본 느낌이 안에 들어와서 더 심하게 느껴졌다. 강유가 항상 사기꾼이라고 부르던 이유를 얼핏 알 것 같다고 생각하며 따라 내려갔다.

3층에 도착해 보니 커다란 철문에 달린 도어록이 보였다.

옥탑 사무실과 쓰러질 듯한 건물과는 전혀 어울리지 않는 문을 열고 들어가니 다른 건물에 와 있는 착각이 들 정도로 다른 모습이었다.

"어때? 완전 좋지?"

문을 열자마자 마치 가정집 현관처럼 신발장이 보였고, 그 뒤로 호텔 커피숍처럼 통유리로 된 창가에 소파와 탁자가 배치되어 있었다. 갑작스럽게 바뀐 환경에 마치 남의 집에 들어가는 기분이 들어서 껄끄러워할 때 강유가 어깨를 감싸며 말했다.

"들어가 봐. 저 미친놈이 직원이랑 매니저, 소속사 애들 작업하다 힘들면 쉬라고 만들어놓은 거야. 저쪽에 방이 네 개나 있어."

"큼. 잘 쉬어야 그만큼 일을 잘하지. 윤후 너도 나중에 여기 써도 돼. 하하!"

슬리퍼로 갈아 신고 안으로 들어가니 더 대단했다. 방마다 깔끔하게 정돈되어 있고 침대까지 놓여 있었다. 여기가 기획사인지 숙박업소인지 구분이 안 될 정도였다.

"여기는 이게 끝이야. 하하! 오로지 쉬는 공간이야. 내려가면 볼 거 많으니까 가자."

신기한 사람이었다. 왜 자기는 좁아터진 옥탑 사무실에서 일하면서 한 층 전체를 휴식 공간으로 만들어놓았는지 이해할 수가 없었다.

김 대표를 따라 2층으로 내려간 뒤에는 그 생각이 더 커졌다.

"엄청 신경 써서 만든 곳이야. 하하!"

3층과 다르게 전체적으로 어두운 분위기였다. 그 어두운 복도 양쪽에 많은 방이 보였다. 빈방인 곳도 있었지만 피아노가 있거나 컴퓨터가 있는 등 방마다 다양했다.

"작업실 및 연습실이야. 너도 나중에 연습해도 되고 여기서 곡 써도 되고. 하하!"

"전 괜찮아요. 집에서 하면 돼요."

혹시나 하고 방 내부를 살펴봤지만 모두 빈방이었다. 그렇기에 더더욱 이해가 안 갔다. 옆에서 윤후를 지켜보고 있던 강유가 피식 웃었다.

"애들 전부 알바하거나 학교에 가 있거나 그럴 거야. 여기는 대부분 곡 쓰는 애들 때문에 만들어놓은 거야."

"음……."

지금까지 본 것만 놓고 보면 김 대표는 자선 사업가 같았다. 짧지만 그동안 봐온 사기꾼 같은 느낌이 아니었다.

"저 사기꾼이 그냥 쓰게 해줄 거 같아? 여기 아무나 못 써. 회사에서 관리하는 공연장이 하나 있거든? 거기서 공연 한 번이라도 해야 여길 쓰게 해준다. 계약서 보면 완전 치사하게 그런 것도 적어놨더라."

"그게 뭐 어때서? 공연할 기회도 줘, 준비할 장소도 제공해."

자선 사업가는 아닌 것 같았고, 그렇다고 사기꾼도 아닌 것 같았다. 그냥 좀생이 같은 느낌이 강하게 들었다.

"큼, 송이는 공연장에서 공연 안 하는 데도 쓰게 해줬다!"

"송이는 그만큼 많이 벌어다 주니까 그랬겠지."

"어쨌든. 그만 내려가자."

김 대표를 따라 내려가던 중 계단으로 올라오는 사람과 마주쳤다. 며칠 전 녹음실에서 잠깐 본 커다란 덩치를 가진 윤송의 매니저였다.

"대표님, 안녕하세요."

덩치의 인사를 받은 김 대표가 씩 웃으며 윤후를 봤다.

"저번에 봤지? 송이 매니저 대식이."

"아닌 거 같은데요?"

"에? 어떻게 알았어?"

"목소리가 다르잖아요."

김 대표와 이강유는 동그랗게 커진 눈으로 윤후를 보며 놀랐다. 심지어는 앞에 서 있는 덩치마저 놀란 듯이 윤후를 쳐다봤다.

"그게 구분이 된다고?"

"비슷하긴 해도 달라요. 사람마다 목소리가 다 다르니까.

쌍둥이예요?"

"하아, 그게 구분이 돼? 무슨 목소리 분석기 그런 거라도 달린 거 아니냐?"

세 사람은 계단에 서서 여전히 놀란 얼굴인 덩치를 비켜 내려갔다. 앞서가는 두 사람은 연신 윤후를 힐끔거렸다.

"나, 쟤 좀 무서워."

"무섭기는… 신기하지 않냐? 난 목소리 구분하는 것보다 대식이 목소리를 기억하는 게 더 신기하다."

"정말이네? 그때 말 몇 마디 한 걸로 기억하는 거야?"

두 사람이 윤후를 신기해할 때 윤후도 대식을 떠올리며 신기해하고 있었다.

'어깨 넓은 것부터 똑같고 꾸부러진 귀까지 똑같네.'

서로 신기해하며 계단을 내려갔고, 지하에 도착해서 마지막 장소라는 말과 함께 문을 열었다. 문 안에 보이는 장소는 TV에서 보던 벽면 전체가 거울로 된 연습실이었다. 그리고 한쪽 구석에 쪼그려 앉아 있는 세 사람이 보였다.

"야, 너희 연습 안 하고 뭐 하냐? 노가리 까는 중?"

"아, 안녕하세요, 대표님?"

"안녕은 하는데, 뭐 하냐니까? 뭐 재밌는 얘기라도 있어? 같이할까?"

"아, 아닙니다."

김 대표와 그 앞에서 쩔쩔매는 세 사람의 관계가 궁금했다. 특히 웃는 얼굴로 쏘아대는 김 대표의 모습도 신기해서 지켜보고 있는데, 이강유가 웃으며 말했다.

"쟤네, 이번에 데뷔할 예정이거든. 김 대표 회사에서 처음으로 받은 연습생에다가 공 좀 들여서 저러는 걸 거야. 저기 왼쪽 애 있지? 쟤는 일본 애야."

"음."

"김 대표, 그만하고 인사시켜 줘."

그제야 세 사람을 향하던 닦달을 끝내고 서로를 소개시켜 주었다. 여전히 윤후는 무표정으로 인사를 나눴다. 한결같은 윤후의 모습에 김 대표가 피식 웃더니 세 사람에게 물었다.

"노래 연습도 안 하고 앉아서 뭐 하고 있었냐?"

세 사람은 다시 서로의 눈치를 보며 우물쭈물했다.

"뭔데? 말을 해야 알지. 무슨 일 있어?"

"아니요. 그게 아니라… 대표님."

"왜?"

"저희 처음에 한 대로 에이토가 만든 곡으로 하면 안 될까요? 지금 곡은 저희하고 잘 안 어울리는 거 같아요. 에이토는 발음도 힘들어하는데……."

"배부른 소리 하고 있네. 너희가 연습이 부족하니까 그렇지. 열심히 해. 다음 주에 녹음이니까."

옆에 있던 강유가 분위기를 바꿔보려는 생각에 끼어들며 나섰다.

"혹시 내가 들어도 괜찮으면 들려줄 수 있겠어?"

"야, 재네 노래 피버가 만들어준 노래야. 내가 몇 번이나 찾아가서 겨우겨우 받은 건데."

"피버든 뭐든 들려줘."

"에이, 알았다. 너희들, 라이브로 한번 불러봐. MR 틀고, 인마."

곡은 비트가 있는 R&B곡이었다. 유명 작곡가의 곡인 만큼 곡 자체는 꽤 괜찮게 들렸다. 윤후 역시 옆에서 시작되는 전주가 괜찮은지 귀를 기울였다. 하지만 세 사람의 노래가 시작되자 아주 잠시지만 얼굴을 찡그렸다. 그 뒤로도 윤후는 수시로 얼굴을 찡그렸다가 펴기를 반복했다. 그 모습을 본 김 대표가 입이 귀에 걸릴 만큼 웃으며 얼굴을 들이밀었다.

"왜? 막 송이 곡처럼 편곡이 하고 싶고 그래? 마구마구 악상이 떠올라?"

윤후는 차마 못 들을 것을 들은 사람처럼 귀를 후볐다. 윤후의 행동에 노래를 부르던 세 사람은 물론이고 김 대표와 강유마저 윤후를 봤다.

"피버라는 사람 유명해요?"

"그럼. 요즘 잘나가는 작곡가야."

"무슨 노래 썼는데요?"

"많지. '메이즈', '뷰티풀 유' 등등 쓸 때마다 성적 좋은데, 못 들어봤어?"

"들어봤네요. 다 괜찮은데 이번 곡은 왜 그랬지?"

윤후의 알 수 없지만 의미심장한 말에 김 대표는 궁금한 마음을 감추지 못하고 발을 동동 구르며 윤후에게 말을 하라고 닦달했고, 연습생들은 또래로 보이는 남자가 다짜고짜 자신들을 깎아내리는 것만 같아 인상을 구기고 있었다.

"이 노래 따라 한 거예요. 영국 밴드 더로즈의 '라운드' 따라 했네요."

"에? 표절이라고? 잘못 들은 거 아니야? 그리고 더로즈라는 밴드는 처음 듣는데?"

이강유마저 윤후를 보며 조심스럽게 말했다. 자신도 노래라면 누구 못지않게 많이 듣고 있었지만 윤후가 말한 밴드는 처음 들어보는 밴드였다.

"표절은 진짜 예민한 문제야. 정말 그렇게 들렸어?"

"정확히 말하면 표절은 아니에요. 저 사람이… 음, 그러니까 1번, 2번, 3번이라 부를게요."

본의 아니게 1, 2, 3번이 된 세 사람은 윤후가 더 못마땅했지만, 김 대표와 함께 있는 자리이기에 그저 윤후를 노려볼 수밖에 없었다.

"1번이 첫 벌스 들어갈 때 여섯 마디, 그리고 3번이 두 번째 벌스 들어갈 때 또 여섯 마디, 그리고 코러스에서는 두 마디 똑같고… 두 마디 바꾸고 두 마디 또 똑같고. 여덟 마디 기준으로 표절이니까 정확히 말하면 표절은 아니죠. 상당히 유사한 정도?"

1, 2, 3번은 윤후가 겨우 한 번 듣고 제 마음대로 내뱉는 말 같아 피식 웃었다. 하지만 이강유는 윤후의 실력을 알기에 바로 주머니에서 휴대폰을 꺼내 들었다. 그러고는 휴대폰을 보며 고개를 들고 김 대표에게 말했다.

"어? 더로즈 정말 있는데? '라운드'도 있네. 2008년도 곡."

"하, 진짜? 미치겠네. 틀어봐. 들어보게."

조용해진 녹음실에 휴대폰에서 나오는 노래만이 울렸다. 윤후를 제외하고 다들 바짝 긴장한 모습이었다. 전주를 듣고는 잘 모르겠다는 얼굴들이었고, 첫 벌스가 들어갈 때 윤후가 친절하게도 연습생들이 부른 가사로 따라 불렀다.

베이비 이 밤 그대와……

윤후를 보며 다들 침을 꿀꺽 삼키고 다시 휴대폰에서 나오는 노래에 집중했다. 그 뒤로도 윤후는 비교하기 쉽게 따라 불렀고. 반복될수록 모두의 표정이 굳어졌다.

"이 개새끼가… 누구 망하라고 표절곡을 준 거야! 고맙다, 윤후야. 진짜 큰일 날 뻔했다."

"네."

김 대표는 윤후에게 감사를 표하고서 피버에게 전화를 거는 듯했다. 씩씩거리며 얼굴이 붉으락푸르락해 한참 전화를 붙잡고 있었다.

"이 새끼, 이거 전화 안 받네. 하아, 그나마 다행이네. 투자 안 받아서."

평소라면 한마디 했을 이강유였지만, 김 대표가 상당히 공들이고 있는 것을 잘 알기에 아무 말도 하지 않았다. 그러다 문득 풀 죽어 있는 연습생들을 보다가 아까 한 말이 떠올랐다.

"거기 친구."

"하이! 아, 아니, 네."

일본 사람이라고 소개한 에이토였다.

* * *

에이토는 고개를 돌려 자신을 부른 이강유의 앞으로 쪼르르 달려갔다.

"에이토 씨 맞죠?"

"네, 마스니다."

에이토는 한국에 온 지 얼마 안 됐는지 영 발음이 어색했다.

그러자 노래 부를 때를 생각하면 그가 얼마나 노력했는지 상상이 갔다. 타국에 와 열심히 한다고 생각하니 이강유의 얼굴에 절로 미소가 지어졌다.

"작곡도 해요? 한번 들려줄래요?"

"네? 아겠스니다. 저 기타 오모찌 이따시마스."

"그러세요."

일본어를 몰랐지만 기타가 필요하다는 정도는 알 수 있었다. 에이토는 허겁지겁 연습실 한쪽에 놓아둔 기타를 들고 와서 그 자리에 그대로 털썩 앉았다. 그리고 미소로 시작한다는 신호를 보냈다. 에이토가 연주를 시작하기 전 개방현으로 모든 줄을 튕길 때 옆에 있던 윤후가 말했다.

"늘어났어요. 튜닝해요."

"네? 네, 하겠스니다."

에이토는 어째서인지 윤후의 말에 바싹 긴장한 상태로 천천히 기타를 조율했다. 기타를 조율하는 모습이 꽤 익숙해 보였다. 조율을 마치고는 뒤에 서 있는 두 사람을 불렀다. 두 사람 역시 윤후의 눈치를 살피며 슬금슬금 다가왔다.

"왜?"

"우리 노래 같이 부르니다."

그 모습에 이강유는 어깨를 으쓱하며 미소를 보냈고, 연습생들 역시 서로 마주 보고 미소를 지으며 노래를 시작했다. 어느새 다가왔는지 김 대표는 인상을 쓴 채로 윤후의 옆에 섰다.

에이토의 곡은 코드가 반복되는 리프 멜로디의 곡이었다. 그럼에도 불구하고 노래 멜로디가 자연스럽게 섞여 있었다. 노래를 듣던 윤후는 머리에 담으려는 듯 눈을 감고 발을 까딱대며 리듬을 맞췄다.

인상을 쓰던 김 대표는 노래보다 윤후의 반응에 집중하고 있었다. 하지만 아까와는 달리 전혀 표정을 읽을 수가 없었다. 마침 에이토의 노래가 끝났고, 김 대표는 곧바로 윤후에게 물었다.

"어때, 네가 듣기에?"

"야, 왜 윤후한테 부담 주냐?"

그제야 눈을 뜬 윤후는 에이토를 가만히 쳐다봤다. 반짝이는 눈으로 평가를 기다리는 에이토에게 고민스러운 듯 입술을 벌렸다가 말았다가를 반복했다.

"아, 답답하게… 말하려면 하고 말려면 말고."

"음, 좋네요. 튀는 부분도 없고 무난해요. 마치 두 분 노래처럼요."

"어? 그럼 괜찮아? 우리 타이틀곡 꽤 괜찮았는데?"

"그거 말고요, 11번 트랙 '낫씽 유'랑 비슷한 느낌이에요. 무난하고 재미없고."

김 대표의 얼굴이 붉어졌고, 이강유마저 헛기침을 했다. 그럼에도 윤후는 대수롭지 않게 자기 할 말만 내뱉었다.

"2벌스부터 비트 들어가고 긴 리듬 멜로디잖아요. 음, 기타 좀 빌려줄래요?"

에이토가 고개를 끄덕이며 기타를 내밀었다. 윤후는 자신이 직접 제작한 OM 바디가 아닌 조금 큰 기타임에도 아무렇지도 않게 기타를 안고 자세를 잡았다. 그리고 첫 벌스까지 똑같이 연주했다. 이강유와 김 대표도 볼 때마다 놀랄 정도인데 연습생 세 사람은 자신들의 연주와 똑같이 들리는 윤후의 연주에 정신을 놓은 듯 보였다.

"여기서 드럼. 드럼 없으니까 기타 바디로 대신할게요. 알아서 들어요."

윤후는 다른 사람의 반응은 느끼지 못하는지 연주에만 몰두했다. 그리고 기타의 바디를 치는 순간 곡의 느낌이 조금 다이내믹하게 변했다.

"그리고 가사가 '그냥 함께 있는 것만으로도 충분해', 이거 맞죠?"

"네, 마스니다!"

“앞에 뭐 대충 베이비 같은 거 넣어서 리듬을 뒤로 밀게요. ‘베이비 바라는 건’ 이 부분을 길게 끌어서 ‘바라는 건 하나 없어’를 대신하고, 나머지를 밀어서 리듬을 쪼개 넣어볼게요.”

즉석에서 편곡을 하는 윤후의 모습을 지켜보던 이강유가 침을 삼키며 김 대표의 귀에 대고 속삭였다.

“너, 윤후 감당되겠냐?”

“크음! 아, 실제로 보니까 못 믿겠다. 바로 듣고 어떻게 저게 나와?”

가볍게 코러스까지 곡을 바꾼 윤후는 기타를 에이토에게 다시 주었다. 에이토는 90도로 고개를 숙여 인사했고, 함께 있던 연습생 둘도 어째서인지 에이토와 함께 머리가 땅에 닿을 것처럼 인사했다.

그럼에도 불구하고 윤후는 여전히 무표정하게 보고만 있었다.

“효니! 스고이! 대다네.”

“형님 대단하다고 그러네요.”

세 명 모두 열여덟 살이었기에 형이라고 하는 것이 당연했지만, 윤후로서는 처음 듣는 형이란 말이 어색한지 고개를 돌려 버렸다. 그래도 싫지는 않은지 툭하고 말을 뱉었다.

“기타보다는 피아노, 베이스, 드럼으로 하는 게 좋을 거 같아요.”

"하! 네! 아리가또!"

*　　　　*　　　　*

근처 식당에서 식사를 하고 있는 김 대표의 얼굴에 미소가 걸려 있다.

"그러니까 일단 아버님이랑 얘기를 해봐야겠지만, 넌 괜찮다는 거잖아?"

"네."

"하하! 아버님은 내가 따로 만나 봐도 될까? 어떻게… 지금도 난 괜찮은데."

"일하시고 계실 거예요."

"그래그래, 역시 훌륭한 아버님이시네. 일도 하시고. 그럼, 일을 하셔야지. 하하!"

윤후는 김 대표의 오버하는 모습에도 식사에 여념이 없었다. 마찬가지로 열심히 밥을 먹고 있던 이강유가 김 대표를 향해 말했다.

"그럼 네가 음원 등록해. 나머지 작업도 다 하고."

"아, 그러네. 걱정 마. 곡이나 보내줘. 회사 가서 애들도 곡 들어보고 회의해서 콘셉트 정해야 되니까. 그러려면 시간 좀 걸리겠는데?"

"곡은 이미 마스터링까지 끝내놨어. 그런데 앨범 재킷 사진도 없다."

이강유의 말에 열심히 밥을 먹던 윤후가 숟가락을 내려놓고 주머니에서 휴대폰을 꺼냈다. 그리고 휴대폰을 뒤적거린 뒤 테이블에 올려놓았다.

"이걸로 해주세요."

김 대표는 윤후가 내민 휴대폰 속 사진을 보며 물었다.

"이거 기타 사진인데? 기타 줄도 안 걸려 있네. 휴대폰으로 찍은 거야? 전문가한테 맡기는 게 나을 거 같은데."

"아빠 공방에서 카메라로 찍은 거예요. 원본 보내드릴게요. 좀 바꿔주세요."

"뭘 바꿔?"

"흑백으로요. 그리고 기타 안 가리게끔 왼쪽 가운데에 하얀 글씨로 'Sixth', 오른쪽에 'Sense' 필기체로 넣어주시고요."

"응?"

"그래야 구도가 맞아요. 기타 기준으로 대칭해서요. 그래서 일부러 기타 기준으로 3분할 할 수 있게 찍은 거예요."

"으, 응? 응, 알았어."

김 대표는 잘 모르겠지만, 일단 알았다고 대답하며 윤후를 신기하게 보던 중 전화가 울렸다.

"어, 나 밥 먹고 있는데, 왜?"

—오빠, 아니, 대표님. 에이토가 사무실 올라와서 무슨 형님 찾는데요?

"엥? 그놈이 들은 곡이나 작업하지 뭐 하러 겨 올라왔지?"

—몰라요. 그게 그 소린가? 자기는 모르겠대. 기억이 안 난대.

"아니, 같이 들어놓고 그게 뭔… 아?"

—대표님, 왜 말을 하다 말아요? 얘 좀 어떻게 해봐요.

"어, 어, 알았어. 금방 갈게."

전화를 마친 김 대표는 생각을 정리하고서 윤후를 봤다. 너무 쉽게 곡을 바꾸는 윤후를 본 탓에 자신이 맡고 있는 애들의 수준을 생각지 못했다. 녹음한 것도 없는 상태에서 그냥 듣기만 했으니 당연히 외울 수 없었을 것이다.

"저기, 윤후야."

"네."

"아까 만진 곡 있잖아. 에이토 곡."

"네."

"그 곡, 네가 작업해서 주면 안 될까?"

"아까 다 만진 거예요."

김 대표는 멋쩍게 웃었다.

"애들이 한 번밖에 못 들어서 잘 모르겠나 봐. 그리고 너 말고 누가 한 번 듣고 다 외워?"

"그 먹튀는 한 번에 외운 거 아니에요? 그것도 몰래."

"컥! 먹튀 아니고 송이. 윤송. 그리고 인마, 송이도 한 번에 어떻게 외워. 네 동영상 찍어놓은 거 죽어라 돌려봤다던데."

"먹튀에 몰카범이네."

"크흠……."

"아무튼 네가 완벽하게 만져주면 좋잖아. 편곡비도 줄게. 당연히 편곡자에 네 이름도 올려주고."

"알았어요. 녹음실에서 해서 보낼게요."

녹음실을 자신의 작업실쯤으로 생각하는 윤후를 보며 이강유는 싫지 않은 듯 피식 웃었다.

"김 대표, 윤후 녹음실 비용 너한테 청구한다."

"알았어! 당연하지! 하하! 그럼 애들한테도 그렇게 전해둘게. 빠듯하겠네. 윤후랑 애들 데뷔하려면."

*　　　*　　　*

윤후가 돌아간 뒤 사무실로 다시 올라간 김 대표는 얼굴이 일그러진 채 전화를 붙들고 있었다. 한데 표정과는 달리 간사한 말투였다.

"정말 모르셨어요?"

—그럼 제가 일부러 알고 베꼈다고 말씀하시는 겁니까?

"하하, 설마 피버 님이 어떤 분이란 걸 제가 아는데. 오해십니다."

―휴, 어쩌다 보니 조금 비슷한 걸 가지고 이러시면 곤란하죠.

"아이고, 알죠, 알죠. 그런데 정말 모르셨어요?"

―김 대표님, 저랑 장난하세요? 앞으로 제 곡 받기 싫으세요?

"아닙니다! 장난이라니요! 그냥 좀 궁금해서 그랬죠. 정말 모르셨죠?"

띠띠띠띠.

일그러진 얼굴 그대로 끊긴 전화를 보며 한참 동안 욕을 퍼붓는 김 대표였다. 그리고 그런 김 대표가 익숙한지 평소와 다를 바 없는 사무실 분위기였다.

"대표님, 그런데 정말 표절이래요?"

"그럴걸? 개새끼가 곧 죽어도 사과를 안 해요. 한참 어린 새끼가."

"그럼 신고할까요?"

"됐어. 어차피 벌금 맞고 말 거야. 곡 비 얼마 줬지? 그거나 돌려받고 다른 회사에 조용히 대충 눈치만 주고. 이 좁은 바닥에서 개수작질하고 지랄이야. 후아! 그리고 다들 모여 봐."

좁은 사무실이라 모일 것도 없이 그 자리에서 김 대표를 쳐다봤다.

"송이 팀 말고 지금 활동하는 팀 없지?"

"있죠. 밴드 애들은 매일매일인데."

"아니, 방송 말이야."

"방송하는 사람이 우리 회사에 송이 말고 또 누가 있어요?"

"크흠, 상우도 있잖아."

"재계약 중이잖아요."

"아무튼 잘 들어. 아까 본 윤후 있지? 조만간 계약한다."

회사의 대표인 자신이 따온 계약을 의기양양하게 자랑하는 모습이다. 하지만 직원들의 반응은 여전히 시큰둥했다.

"계약서 썼어요?"

"아직."

"에이, 그럼 또 글렀네. 그러다가 안 한 애들이 한두 명이에요?"

"아니야. 이번엔 진짜로 계약한다. 이놈이 어떤 놈이냐 하면……."

김 대표는 자신이 봐온 윤후의 얘기를 한동안 계속했다. 약간의 과장을 섞으려고 해도 워낙 자신이 본 상황들이 말도 안 되는 것들이라서 섞을 필요가 없었다.

"얘는 그냥 놔둬도 분명히 뜨는 애야. 우린 그냥 조금 안전하게 이륙할 수 있도록 아스팔트만 깔아주면 돼. 건드릴 필요도 없어. 건드려서도 안 되고."

"오! 멋있다!"

"자식들이! 어쨌든 일단 팀 꾸려야 되니까, 프리 스타일리스트 있지? 아이돌 맡던 애들로 채용해. 직접 알아봐서 직원으로 채용하고. 당분간 송이한테는 다른 애 붙이고 윤후한테 대식이랑 두식이 둘 다 붙일 거니까 그렇게 알아둬."

"음? 헷갈릴 텐데요?"

"큭큭, 걱정 마. 구분 잘하더라. 넌 홍보 책임지고. 송이 때처럼 쫓기듯이 하지 말고 미리 기자들한테 약 좀 뿌리고 그래라."

'라온 Ent'의 옥탑 사무실에서는 회의가 계속되었고, 그렇게 한참이 지났을 때 휴대폰에 도착한 메시지를 보던 김 대표의 얼굴에 미소가 걸렸다.

"종락아, 메일 확인하고 그거 틀어라. 너희들 깜짝 놀랄 시간이다. 하하하하!"

* * *

수원에 위치한 공방에 앉아 있는 김 대표는 자신의 앞에 있는 인물이 정말 윤후의 아빠인가 의심스러웠다. 아들은 그렇게 무표정으로 있건만, 지금 자신의 앞에 있는 정훈은 한 시간 가까운 설명에도 얼굴에서 미소가 떠나지 않고 있었다.

"저… 아버님, 솔직하게 말씀드리면 다른 회사처럼 스타를 만들겠다, 그렇지는 못합니다. 물론 제가 능력이 없다는 게 아니라 회사가 좀 작아서… 하하!"

뭔 반응이라도 있으면 좋겠건만, 정훈은 그저 미소를 지은 채 고개만 끄덕거리고 있었다. 더 이상 할 말이 없던 김 대표는 혹시나 계약에 반대를 할까 싶어 좌불안석이었다. 그때 정훈이 드디어 들고 있던 계약서와 회사 팸플릿을 내려놓고 입을 열었다.

"네, 다른 회사들과 다르게 1년 계약이네요. 보통 7년씩 계약하는 걸로 알고 있습니다."

계약 조건까지 알고 있는 정훈의 모습에 이미 조사를 했다는 것을 안 김 대표는 회사를 포장하려던 마음을 접고 진심으로 다가가려 했다.

"네, 저희 회사가 인디 밴드가 주로 있는 회사이다 보니… 표준 계약서에 따르지 않고 1년마다 재계약을 하고 있습니다. 다들 먹고살기가 힘들 거든요. 그래도 아버님, 지금은 비록 작고 보잘것없지만 그 어떤 회사보다 음악을 사랑하는 사람들이 모여 있고, 이곳에서 음악적 기틀을 닦고 1년 후에 마음에 안 드시면 다른 곳으로 가도 충분할 거라 생각됩니다."

김 대표는 윤후를 꼭 잡고 싶은 마음에 긴장하며 정훈의 대답을 기다렸는데 얼굴에서 처음으로 미소가 사라진 정훈이 진중한 얼굴로 물었다.

“네, 윤후도 좋다고 하니 제가 특별히 반대는 안 하겠습니다. 다만…….”

김 대표는 살짝 긴장했는지 손에 땀이 찼고, 그에 손을 비비적거릴 때 정훈이 입을 열었다.

“우리 아이가 아팠다고 얘기했을 겁니다. 자폐증이라고. 하나만 약속해 주실 수 있겠습니까?”

“네? 어떤 걸……?”

“우리 아이가 아팠단 걸 이용하지 말아주십시오. 약속할 수 있겠습니까?”

김 대표는 솔직히 아쉽기는 했지만 윤후라면 그런 것을 이용하지 않아도 충분했다. 지금만 하더라도 놀랄 것투성인데 그런 것을 이용할 시간이나 있을까 싶었다. 이에 김 대표는 벌떡 일어나 땀이 찬 대머리를 한 번 털고는 허리를 숙였다.

“아버님, 약속드립니다. 아예 다른 곳에 발설조차 하지 않겠습니다.”

김 대표는 들려야 할 대답이 들리지 않자 허리를 숙인 채 고개를 살짝 들었다. 그러자 처음처럼 미소를 짓고 있는 정훈의 모습이 보였다. 그런 정훈이 김 대표에게 의자에 앉으라고 손짓하고는 입을 열었다.

“그럼 내일 계약서에 그 내용도 포함하도록 하죠.”

"네! 하하! 물론입니다! 저… 펜 좀……."

"펜으로 쓰실 생각입니까?"

"아, 아니죠! 하하! 그럼 새로 서류를 작성해서 내일 다시 찾아뵙겠습니다."

김 대표는 왠지 앞으로 고생할 것 같은 기분이 들었다. 아들은 무표정이라 표정을 읽을 수 없었고, 아빠는 웃고 있어서 표정을 읽을 수가 없었다.

Chapter 5

표정 연습

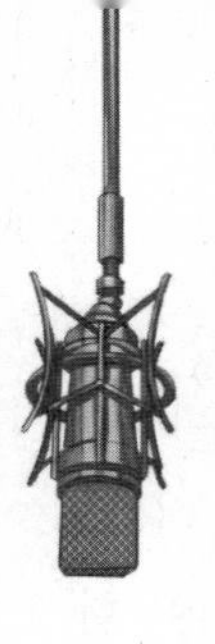

라온 Ent 녹음실 안의 이강유는 자신이 주인임에도 소파 한쪽 구석에 앉은 채 인상을 구기고 있었다.

"윤후야."

"네?"

"너 왜 여기서 이러냐? 애들 곡 작업도 끝났는데 계속 여기 있을 거야?"

"네."

무엇을 하는지 컴퓨터 앞에 앉아 심상치 않은 분위기를 풍기는 윤후였다. 계속 말을 시키기도 어려웠고, 자신이 녹음실을 이용해도 좋다고 말해놓은 것도 있어 한숨만 내뱉었다. 이강유는 입술을 깨물며 소파 옆을 쳐다봤다.

“그럼 대식이랑 두식이, 너희도 여기 계속 있을라고?”

“당근이쥬. 기상이 형님이 한시도 떨어지지 말라고 그랬어유.”

“하아, 여기 있을 때는 한 명만 있어도 되지 않냐? 힘들게 뭐 하러 둘이나 붙어 다녀?”

“저희 하나도 안 힘들구만유. 괜찮아유. 아이구, 전화가… 잠시만유, 행님.”

덩치가 산만 한 두식과 대식. 쌍둥이 때문에 스튜디오가 마치 옥탑 사무실처럼 느껴졌다.

“그려. 여기로 올 껴? 잠시 기댕겨. 강유 행님, 여기 주소가 어떻게 되유?”

“주소는 왜?”

“윤후 스타일리스트가 여기로 뭐 보낸다고 해서 그려유.”

“아, 좀! 너희는 너희 가수 홍보하러 안 가냐?”

대식이 옆에 앉은 두식을 보고 말했다.

“어이, 윤후 노래 나온 겨?”

“아니여. 이 주 뒤에나 나온다고 혔는디 아직 멀었쟈.”

“행님, 멀었대유. 걱정 마셔여. 하하! 윤후 봤쟈? 행님도 걱정 많이 하시니까 잘 혀야 혀.”

소파 구석 한 칸이 자신의 자리가 되어버린 강유는 인상을 찌푸리며 전화를 걸었지만, 신호만 갈 뿐 연결은 되지 않았다. 천재를 옆에서 지켜보는 것도 좋지만 이건 아니었다. 그렇다고 윤후에게 뭐라고 하기에는 지금 너무 심각한 얼굴이라 혼자서 화를 삭일 수밖에 없었다.

"대식아, 그런데 윤후 오늘 따라 왜 저렇게 심각해?"

"그려여? 똑같은 거 같은디? 후야, 너 뭔 일 있는 겨?"

강유는 아무것도 모르는 쌍둥이를 보며 고개를 저었다. 앞날을 위해서라도 윤후에 대해 자신이 알고 있는 것을 조금이라도 알려주려고 입을 열었다.

"잘 알아둬. 쟤 대답 잘하는 거 알지? '네'뿐이지만. 그리고 그때 꼭 눈 마주치고 대답하지? 그런데 지금은 쳐다보지도 않잖아. 그럼 기분이 별로인 거야."

강유는 옆에 바싹 붙어 있는 대식을 밀어내며 컴퓨터 앞에 앉아 있는 윤후에게 다가갔다.

"왜 그래? 긴장돼서 그래?"

윤후는 못마땅한 얼굴로 컴퓨터를 보고 있다가 옆으로 다가온 강유를 봤다. 마침 자신의 고민을 풀어줄 수 있을 것만 같았다.

"형, 저 좀 봐보세요."

"왜 그러는데?"

"뭐야? 왜 인상 써? 정말 무슨 일 있어?"

"흠."

낮에 쌍둥이 매니저들과 회사에서 있던 회의에 다녀온 뒤 생긴 고민이다. 평소 자신의 기분을 잘 읽는 강유이기에 알 수도 있으리라 생각했다. 하지만 역시 회사에서 미소를 보였을 때 다들 당황하던 표정과 똑같았다.

"웃는 거 연습하는 거예요."

"…에? 그게? 화난 거 아니고?"

"아니에요. 기획 팀장님이 계속 웃어야 된다고 그래서 연습하는데 잘 안 돼요. 혹시나 했는데 형도 못 알아보네요."

웃어본 적이 없는 것은 아니지만, 억지로 웃으려니 여간 곤욕스러운 것이 아니었다. 팀장의 말대로라면 방송에 나오기 위해서는 미소는 필수였다. 아이돌이 웃는 모습의 사진까지 보여주면서 언제 어디서든 이런 미소를 유지해야 한다고 했다.

"자연스럽게 웃어야지. 너 원래 그렇게 안 웃잖아. 팀장이 누군데? 종락이?"

"네."

"음, 윤후야, 너 전에 TV에 나오고 싶다고 한 말이 TV면 다 된다는 소리야?"

전혀 그렇지 않았다. 다만 TV에 나오는 가수들처럼 수많은 사람들 앞에서 직접 만든 곡을 들려주고 싶을 뿐이었다.

"아니지? 가수 하고 싶은 거잖아. 그런데 뭐 하러 그런 쓸데없는 거 하냐. 기다려 봐. 내가 김 대표한테 말해줄게."

고개를 끄덕이는 윤후를 본 강유는 그 자리에서 바로 전화를 걸었다. 아직도 받지 않는 전화에 이를 갈다가 휴대폰을 만지고 있는 대식이 눈에 들어왔다. 그에 대식의 전화를 빼앗아 혹시나 하는 마음으로 김 대표에게 전화를 걸었다.

—어, 대식아. 강유한테 계속 전화 오는데 화 많이 났냐?

"나다, 이 새끼야."

띠띠띠.

"하, 김 대표 이 사기꾼 새끼가."

전화를 끊었는지 오만상을 하고 다시 전화를 걸었다.

"끊지 마라. 연 끊고 싶지 않으면."

—으, 응. 하하! 사무실 올라가느라 엘리베이터 탔더니 전화가 끊겼나 보다. 하하!

"구라 치지 말고. 니네 회사에 엘리베이터 없잖아. 너 여기로 좀 와라."

—야, 야, 알았어. 야박하긴. 쌍둥이들 오라고 하면 되잖아.

"그거 아니니까 일단 와봐. 윤후 얘기로 할 말 있으니까."

*　　　*　　　*

김 대표까지 합류하자 가뜩이나 쌍둥이 때문에 비좁던 녹음실이 더 좁아졌다.

"그러니까 나한테 상의도 안 하고 니 맘대로 정했다는 말이지?"

"상의할 게 뭐 있어? 우리 '모스트바운스'잖아. 내 생각이 니 생각이고 니 생각이 내 생각이고. 우린 하나잖아."

"하나 같은 소리 하지 말고. 내가 전에도 안 한다고 분명히 말했을 텐데?"

"야, 나도 하기 싫어! 그래도 이게 다 윤후 때문에 하려는 거잖아!"

김 대표는 윤후를 힐끔 쳐다보고 눈치를 보며 말했다.

"너, 윤후 노래 부르는 거 본 적 있어?"

"당연하지. 내가 녹음했잖아."

"그럼 마이크 잡고 서서 들어본 적. 아니, 재 본 적 있어?"

생각해 보니 녹음할 때 말고는 윤후를 제대로 본 적이 없었다. 하지만 윤후의 곡에 이미 중독되어 음원도 나오지 않았지만 녹음한 CD를 매일 듣고 있었기에 전혀 문제가 없다고 생각했다.

"그게 뭐? 무슨 문제 있어?"

윤후도 도대체 왜 김 대표가 웃는 연습을 시키는지 몰랐기에 둘의 대화에 귀 기울이고 있었다. 노래만 잘하면 된다고 생각했는데 강유의 말처럼 정말 예능 같은 방송에 출연시키기 위해서인지 궁금했다. 그리고 그때 자신을 바라보는 김 대표와 눈이 마주쳤다.

"아, 직접 봐야지. 후야, 노래 한번 해줄래?"

그동안 칭찬만 듣다가 문제가 있는 것처럼 말하는 김 대표의 말이 궁금했기에 두말없이 자리에서 일어나 바로 노래를 부르기 시작했다. 노래를 시작하고 얼마 되지 않았을 때다. 윤후의 목소리에 팔짱을 끼고 눈을 감는 이강유에게 김 대표가 말했다.

"야, 눈 감지 말고 눈 뜨고 들어."

"왜?"

"손으로 재 입 가리고 눈만 보이게 해서 봐봐. 어때?"

"흠."

"윤후야, 됐어. 그만해. 이리 와서 앉아."

김 대표는 이강유의 반응을 기다렸다. 이강유도 그제야 윤후의 모자란 점을 느꼈는지 얼굴을 뚫어져라 쳐다봤다.

"…생각도 못했네."

"그치? 이상하지? 공연 같은 거 안 하고 그냥 음원만 낼 거 아니잖아. 사람들한테 자기 노래 들려주고 싶다고 그랬는데 저렇게 얼굴에 표정이 없다. 내가 더 신기한 게 뭔지 알아? 오히려 저 무표정 때문에 집중이 안 돼. 곡만 들으면 곡에는 분명 감정이 담겨 있거든. 그런데 얼굴을 보면 그 감정이 깨져."

어느새 녹음실의 모든 시선이 윤후에게 집중되었다. 쌍둥이와 김 대표, 이강유까지 윤후의 얼굴을 뚫어져라 쳐다보고 있었다.

"조금 전에 고마움을 담은 마음으로 노래했지?"

"네."

"그럼 이번에는 슬픈 표정 지어볼래?"

"했어요."

"뭐여? 한 거여? 두식이 너는 알겄냐?"

"음, 뭐 혔어?"

혹시나 하는 마음에 다시 한번 슬픈 표정을 지었지만 아무도 눈치채지 못했다. 가만히 생각해 보니 아빠 정훈도 자신이 웃는 것을 봤을 때 무척 기뻐하던 모습이 생각났다. 그래서 아직까지 자신을 쳐다보는 사람들에게 회심의 미소를 보냈다.

"뭐여? 왜 화난 겨?"

"화난 건 아닌 거 같은데. 웃는 거 아니여?"

"에이, 우째 사람이 저리 웃어. 후, 아니쟈?"

쌍둥이는 기대도 없었기에 그다지 충격은 없었다. 김 대표 역시 잘 모르는 듯 계속 쳐다만 보고 있었고, 이강유만이 얼굴에 미소를 머금고 윤후를 쳐다봤다.

"윤후야, 억지로 웃지 마. 그런데 정말 연습 좀 해야겠다."
"네."
"김 대표가 너 표정 연습시키는 이유 모르겠지?"
"네."
"음, 어떻게 설명해야 하나. 노래라는 게 사람들이 공감하고 자기의 경험에 비춰서 듣게 마련이거든. 완전 내 얘기를 노래로 만든 것 같아. 이런 말 들어봤지?"

외출을 하지 않던 윤후 역시도 노래를 들으며 때때로 상상을 했고, 10년을 함께 지낸 다섯 명의 얘기도 들으며 노래를 듣곤 했다. 그렇기에 동의한다는 듯 고개를 끄덕거렸다.

"그래, 다들 그래. 좋은 멜로디에 공감되는 가사, 내가 겪은 느낌. 그런데 사람들이 전부 겪어보진 않았을 거란 말이야. 그걸 마치 자신이 겪어본 듯한 감정을 만들어주는 것도 가수거든. 그런데 넌 노래만 들으면 진짜 그렇게 들려. 백 점 만점에 백 점."

강유는 고개를 끄덕거리는 윤후를 보며 조심스럽게 말을 이었다.

"그런데 네가 노래 부르는 모습을 보면 말이야, 노래는 백 점 그대로인데 느껴지는 점수는 한 오십 점? 뚝 깎여 버리거든. 슬픈 노래를 부르는데 지금처럼 표정 없이 눈 동그랗게 멀뚱거리면서 노래 부르면 어떨 것 같아? 네가 차라리 가면이라도 쓰고 있으면 사람들이 저 사람은 지금 엄청 슬픈 표정을 지으며 노래 부르고 있을 거라고 상상이라도 할 수 있을 테지만… 계속 그럴 수는 없잖아?"

한참 동안 계속된 강유의 설명에 충분히 이해가 갔다. 스스로 생각해도 맞는 말이었다. 하지만 지금까지 이렇게 살아왔는데 쉽게 고칠 수 있을까 하는 불안감도 들었다.

지켜보고 있던 김 대표가 강유에게 엄지를 척 내밀고 윤후의 등을 토닥였다.

"같이 노력하면 되니까 괜찮아. 그리고 사람들하고 많이 부딪치다 보면 싫어도 감정이 생길 테니까. 그래서 내가 방송도 잡은 거거든. 강유 너도 윤후 도와줄 거지?"

"당연하지."

"그럼 출연하는 거다?"

강유는 김 대표의 말에 속았다는 것을 깨달았지만, 고맙다고 고개를 숙이는 윤후 때문에 말을 번복할 수가 없었다.

"하, 진짜 이 사기꾼 같은 놈아!"

"좋아, 그럼 우리 둘이 돌아온 싱어로 출연하고 편곡가는 윤후. 하하!"

"너 때문에 정말 머리 아프다."

"시간도 딱이야. 2주 뒤에 윤후 디지털 미니 앨범 나오잖아. 다음 주에 녹화고, 그다음 주 방송이니까 딱 부각되는 거지.

알잖아. 윤후 노래가 좋아도 생판 신인인데 얼굴이라도 알리고 노래 내야 되잖아. 얼굴도 알리고 방송도 하고! 꿩 먹고 알 먹고!"

한때 인기 있던 곡의 가수를 찾아 만나고, 또 곡을 새롭게 편곡해 대결하는 프로그램에 출연하기로 한 김 대표와 강유였다. 윤후 역시 음악 예능 프로그램은 가끔 봤기에 알고 있는 프로그램이었다. 그리고 남들이 편곡한 것과 자신이 바꾼 것을 비교해 가며 봤기에 잘 알고 있었다. 게다가 이미 김 대표의 말에 넘어가 버린 윤후였고, 자신의 문제점을 고쳐야겠다고 생각했기에 다른 사람들과 만나보고 경험을 쌓고 싶었다.

"다른 가수는 누군데요?"

"오! 강유야, 봤냐? 우리 윤후도 알고 있잖아! 하하! 우리 상대편이 이프인데 알아? 여자 듀엣이야."

"알아요, 이프. 그런데 이상하네요."

김 대표는 손가락을 접어가며 이프의 곡을 세는 듯한 윤후가 뭐가 이상하다는 것인지 몰랐다. 혹시 알지 못하는 문제라도 있는 것인지 윤후의 말을 기다렸다.

"정말 이프예요?"

"그래. 왜? 무슨 문제 있어?"

"그냥 좀 이상해서요. 이프는 3집 앨범까지 냈고 히트곡도 많은데.”

윤후는 강유와 김 대표를 번갈아 쳐다보고는 아무렇지도 않게 말을 이었다.

“그에 비하면 모스트바운스는 히트곡도 하나고 그마저도 대히트는 아니고 애매하잖아요. 보통 비슷한 가수들 나오던데. 해보나마나 질 거 같아요.”

“컥! 야, 인마! 우리도 인기 있었다고! 그리고 이번에 네가 기똥차게… 아니지! 하던 대로만 편곡해 주면 우리가 이기지 않을까?”

“그렇긴 하겠지만…….”

이강유는 이미 얼굴이 붉어진 채 고개를 돌리고 있었고, 김 대표만이 씩씩대며 윤후의 말을 기다렸다. 윤후는 여전히 아무렇지도 않은 얼굴로 하고 싶은 말을 꺼내놓았다.

“저 지는 걸 싫어해서요.”

“그래! 하하! 무조건 이겨야지! 걱정 마라!”

“그러니까 저 이프 팀 하면 안 돼요?”

*　　　　*　　　　*

집에 들어온 윤후는 오랜만에 정훈과 저녁 식사를 했다. 오랜만이라 해봤자 평소와 다를 바 없이 윤후는 주로 듣는 쪽이었다.

"아들, 할 만해? 힘들지 않고?"

"네."

"아들 CD 나오면 근처 가게 사람들이 전부 사준다고 약속했지! 어때? 아빠밖에 없지?"

"CD 안 나와요. 음원만 나와요."

"그, 그래?"

밥을 먹는 중에 오늘 녹음실에서 있었던 일이 떠올랐다. 그에 밥을 삼키고 정훈을 바라보며 씨익 웃었다.

"왜? 아들, 뭐 부탁할 거 있어? 뭘 부탁하려고 하지 않던 짓을 해?"

"아니에요."

"으음, 도대체 뭔데 억지로 웃으면서 그럴까나?"

하루 종일 아무도 알아채지 못한 것을 단번에 알아차리는 정훈을 보다 말고 윤후는 자신도 모르게 자연스럽게 미소를 짓고 있었다.

"아들, 오늘 따라 이상하네. 그래도 뭐, 오랜만에 웃는 거 보니까 좋긴 하네. 하하!"

*　　　*　　　*

회사의 2층 작은 연습실에 있는 윤후는 팔짱을 끼고 앞에 앉아서 기타를 연주하는 사람을 뚫어져라 쳐다봤다.

"흠."

"앗, 또 틀렸어요?"

"2마디 들어갈 때 반 박자 느렸어요. 다시 해봐요."

"저기… 후 님, 조금만 쉬었다가 해요."

윤송은 기타를 얼마나 쳤는지 손목을 주무르며 윤후의 눈치를 봤다.

처음에 윤송은 김 대표가 프로그램에서 부를 곡을 윤후가 편곡한 곡으로 불러 달라고 부탁했을 때 편곡이긴 하지만 다시 윤후의 곡을 부를 수 있었기에 기쁜 마음으로 승낙했다. 하지만 이렇게 고될 줄은 전혀 생각하지 못했다.

"왜요?"

"손목이 아파서 그래요."

곡을 처음 들었을 때 역시 후 님이라고 칭송하던 자신이 원망스러웠다. 게다가 찔러도 피 한 방울 안 나올 것 같은 얼굴로 몇 시간째 다시만 외치고 있다. 윤송은 지금도 자신을 쳐다보는 윤후의 입에서 시작하자는 말이 나올까 봐 눈치를 봤다.

"음, 처음 봤을 때도 느낀 건데, 그 기타 너무 커요."

생각하던 말과 다른 말에 윤송은 윤후를 쳐다봤다. 눈이 마주친 윤후가 손가락을 내밀어 윤송의 기타를 가리켰다.
"기타가 몸에 비해 너무 커요. 몸은 어린애 같은데 기타는 성인용 같은데요?"
윤후의 촌철살인 같은 말의 또 다른 희생자가 된 윤송은 붉어진 얼굴로 분한 듯 고개를 숙였다. 그럼에도 윤후는 전혀 개의치 않으며 다가와 윤송에게 기타를 달라고 손을 내밀었다.
"기타가 너무 커서 자세가 나쁜 거예요. 그래서 손목이 아픈 거고요."
"너무 오래 쳐서 아픈 거 같은데요?"
"치기는 제가 더 많이 치지 않았나요? 그쪽은 계속 틀리기만 해서 내가 계속 들려준 것 같은데. 내 기타로 쳐봐요. 바디를 작게 만들어서 치기 편할 거예요."
윤송은 기타를 받아 들고 몸에 밀착시켜 봤다. 작은 몸통 덕분인지 남의 기타임에도 불구하고 몸에 착 붙는 듯한 느낌이 들었다. 약간의 통증은 있었지만, 윤후의 말대로 기타를 연주하는 데 자신의 기타를 들었을 때보다 손목에 무리가 가지 않았다. 신기한 듯 기타를 바라볼 때, 녹음실 문이 열리면서 대식이 얼굴을 들이밀었다.
"뭐 혀? 이발하러 안 갈겨?"
윤후는 휴대폰을 꺼내 시간을 확인하고서 윤송을 보며 말했다.

"그걸로 연습하고 계세요. 머리 자르고 올게요."

"감사합니다."

연습실에 혼자 남은 윤송은 기타가 마음에 드는지 이리저리 살펴봤다. 자신도 구매하고 싶은 마음에 어디 회사 제품인가를 살펴보려 라벨을 봤지만 'Sixth Sense'라고만 적혀 있었다.

"식스센스는 후 님 앨범 이름인데… 'Sixth Sense'란 기타 회사도 있나?"

휴대폰을 꺼내 검색을 해봐도 'Sixth Sense'란 기타 회사는 없었다. 윤송은 상당히 마음 들었는지 기타를 이리저리 살펴보고는 안았다.

"헤, 나중에 물어봐서 같은 걸로 사야지."

*　　　*　　　*

회사의 지하 연습실에서 한창 춤 연습을 하던 강유와 김대표는 숨을 헐떡였다. 15년의 공백기를 몸으로 느끼고 있었다. 예전에는 쉽게 하던 팔 동작마저 무슨 브레이크 댄스라도 되는 듯이 어려웠다.

"하아, 이게 뭔 짓거리야."

"하아, 하아! 아, 숨차! 그래도 옛 생각 나고 좋잖아?"

"…너, 진짜 죽여 버리고 싶어."

연습실 바닥에 널브러져 누운 두 사람은 지쳤는지 더 이상 대화가 없었다. 그때 연습실 문을 열고 윤후가 들어오자 두 사람은 몸을 일으켜 앉았다.

"부르셨어요?"

"와, 뭐야? 진작 그러고 다니지! 완전 느낌 좋은데?"

"그러게. 시원해 보이고 좋네. 잘생긴 얼굴도 잘 보이고."

투 블록으로 옆머리를 깔끔하게 밀고 자연스럽게 머리를 넘긴 윤후는 칭찬에 머쓱해할 만도 한데 당연한 얘기를 하느냐는 얼굴로 서 있었다.

"왜 부르셨어요? 저 올라가 봐야 해요."

"아, 이 자식이. 인간미가 없어. 앉아봐."

"네."

김 대표는 앓는 소리를 하며 주섬주섬 일어서더니 한쪽에 놓아둔 서류철을 들고 왔다. 그리고 씨익 웃으며 서류철을 윤후에게 건넸다.

"이거 때문에 우리가 가는 스튜디오에서 전화 왔잖아. 사진 스튜디오 옮겼냐고. 하하! 자기네가 싸게 해준다고 계약서 쓰잔다."

윤후는 서류철 안에 보이는 사진 한 장을 가만히 들여다봤다. 말한 대로 흑백 사진의 정 가운데 기타가 놓여 있고 기타를 기준으로 양쪽에 'Sixth Sense'라고 쓰여 있었다. 막상 재킷 사진까지 보게 되니 감회가 새로웠다.

"크크, 복덩이. 그걸로 음원 표지 나갈 거니까 그렇게 알고. 그리고 너, 송이 연습은 잘 시키고 있어?"

"네, 노래는 잘하더라고요. 기타는, 음, 꼭 직접 연주해야 돼요? 연주해 줘도 괜찮잖아요."

"안 돼. 그냥 넌 아무것도 하지 마. 괜히 연주하다가 송이 조금 틀리면 또 연주 멈추고 쳐다보고 그럴 거잖아. 그냥 넌 내가 말해줄 테니까 말도 하지 말고 방송이 어떤 건지만 배워."

"네, 올라갈게요."

용건이 끝났다고 생각한 윤후가 뒤를 돌아 나가려고 할 때, 자신을 바삐 부르는 김 대표의 목소리에 다시 몸을 돌렸다.

"자식이, 꼭 저래. 너 왜 계좌 보내라니까 안 보내? 이따가 톡으로 꼭 보내."

"음. 네. 가볼게요."

윤후는 연습실을 나와 계단을 올라가다 말고 휴대폰을 꺼내 들고 가만히 들여다봤다. 예전에 하도 인터넷에서 톡, 톡 해서 깔아놓기는 했지만 대화할 상대가 없었기에 사용한 적은 없었다. 아주 사소한 것이지만 톡으로 얘기할 상대가 생겼다는 사실에 계단을 오르는 윤후의 발걸음은 가벼웠다.

*　　　　*　　　　*

방송국 JBC의 대기실에 앉아 있는 윤후는 앞에서 서성거리는 김 대표를 가만히 쳐다보는 중이다. 오늘 따라 깔끔하게 면도한 대머리가 더욱 반짝여 보였고, 한껏 치장한 모습이 생소하게 다가왔다.

"왜, 멋있냐? 강유는 왜 안 오지? 한 시간밖에 안 남았는데. 그러게 같이 출발하자니까."

아직 방송국에 도착하지 않은 강유를 기다릴 때, 마침 대기실 문이 열리면서 강유가 들어왔다. 김 대표와 달리 평소와 같이 후줄근한 후드 티에 청바지를 입고 나타난 강유였다.

"하, 참나, 내가 너 그러고 나타날 줄 알았지. 그게 뭐야, 진짜."

"내가 뭐 어때서? 넌 그게 뭐냐? 대머리 반짝거려서 전구 같아."

"아오, 예나 지금이나 어떻게 한결같냐. 미정 씨, 재 옷 좀 챙겨줘. 화장도 좀 해주고."

마치 그럴 줄 알았다는 듯이 미리 준비해 놓은 의상을 강유에게 건넸고, 강유는 익숙한 듯 옷을 받아 들었다. 옷을 갈아

입으며 소파에 앉아 있는 윤후를 보며 말했다.

"리허설은 잘했어?"

"네."

"그런데 송이는?"

"옆방에요."

"틀렸다고 스톱시키고 그런 거 아니지?"

"안 그랬어요."

이강유는 거울을 보며 옷매무새를 가다듬고 신기한 얼굴로 윤후를 봤다.

"긴장 안 돼? 하나도 안 떠네."

"네, 그냥 그래요."

"난 엄청 긴장된다. 15년 만에 무대 서려니까 긴장돼서 잠도 못 잤다. 하하!"

윤후는 오늘 무대의 주인공이 아니었고 단지 편곡가라는 명목하에 자리 하나를 채우는 역할인지라 아무 생각 없이 덤덤하게 바라봤다. 그리고 리허설 때 무대를 봤음에도 관객이 없어서인지 긴장은커녕 지루한 마음뿐이었다.

긴장감을 풀려고 김 대표와 이강유가 율동 같은 춤 동작을 맞춰보고 있을 때, 대기실 문이 열리며 FD가 들어왔다.

"모스트바운스 먼저 들어갈게요!"

윤후도 같이 나가려 자리에서 일어서는데 진행표를 보던

FD가 말했다.

"후? 후 씨는 잠시 후에 나오시면 됩니다. 이따가 부르러 올게요."

이강유와 김 대표의 무대가 있고 토크를 나눈 뒤 바꾼 곡을 잠시 소개하기만 하는 역할이기에 고개를 끄덕거리고 다시 앉았다. 막상 방송국에 와보니 김 대표의 말과는 달리 부딪치는 사람도 없었고 새로운 만남도 없었다. 다만 굉장히 지루했다. 무대 리허설부터 벌써 네 시간째 아무것도 안 하고 대기실에 박혀 있으려니 답답하기만 했다.

* * *

"앞으로의 행보가 기대되는 작곡가죠. 후!"

"방송 날짜로는 이미 싱어송라이터가 되어 있죠. 하하!"

그 뒤로도 두 시간이나 대기실에 박혀 있던 윤후는 자신을 소개하는 MC의 말에 터벅터벅 스튜디오로 들어섰다. 그리고 리허설 때와는 전혀 다른 무대 모습이 눈에 들어왔다. 10대부터 40대까지 연령별로 꽉 차 있는 관객석, 그리고 자신을 보고 있는 MC들이 보이자 순간 당황했다. 다행히도 비어 있는 의자가 눈에 들어와 자리로 걸어가 조심스럽게 앉았다.

"하하하, 왜 그쪽에……?"

"하하하하하하!"

사람들의 웃음소리에 주변을 돌아보다 어째서인지 옆에 있어야 할 강유와 김 대표, 그리고 송이가 맞은편에 있는 것이 보였다. 윤후의 그 모습에 속이 탄 듯 대머리를 문지르는 김 대표를 멀뚱하게 보고 있을 때, 송이가 웃으면서 말했다.

"후 님이 연습할 때부터 이프 선배님들 편을 하고 싶어 하더니 결국 저기 가 있네요. 헤헤."

"하하하, 재밌는 분이시네."

여전히 앉아 있는 윤후를 송이가 직접 데리고 와서 같은 편에 앉힌 뒤에야 다시 녹화가 시작되었다. MC들이 윤후에게 질문을 던졌지만 워낙 짧게 대답하는 윤후 때문에 앞에서 촬영하는 카메라 감독들과 작가들이 고개를 저었다. 그나마 옆에서 거드는 김 대표와 송이 덕분에 녹화가 중단되지는 않았지만, 고개를 젓고 있는 PD와 작가들을 보면 분위기가 좋은 건 아니었다.

그리고 잠시 후 편곡한 곡을 공연하기 위한 무대를 정비하느라 휴식 시간을 갖게 되었다. 윤후가 객석 맨 앞에 앉아 가만히 무대를 기다릴 때 MC이자 선배 가수인 박재진이 윤후의 어깨를 두드렸다.

"긴장 많이 돼요? 기상이 말 들어보니까 싱어송라이터라던데 그렇게 얼어서 어떡해요."

"이제 괜찮아요."

평소대로 형식적인 대답을 하고 고개를 다시 무대로 돌렸고, 옆에 앉아 있던 김 대표가 그 모습에 더 당황하며 헛웃음을 치고는 윤후를 쳐다봤다.

"윤후 너, 유즈 몰라?"

"알아요."

"저 선배가 유즈야, 인마."

그제야 윤후는 다시 고개를 돌려 천천히 박재진을 봤다. 유즈라는 그룹 자체를 좋아한 것은 아니었지만, 유즈의 곡들은 들어봤다. 머쓱하게 웃고 있는 박재진을 보고 이 사람이 그 사람이구나 하는 듯 고개를 끄덕이고 다시 무대를 향해 고개를 돌렸다.

"허, 재진이 형, 절대 오해하지 마. 저놈이 무시하는 거 아니야. 대화를 많이 안 해봐서 저러는 거야."

"왜 그래? 내가 무슨 화를 냈다고. 그런데 좀 조심은 해야겠다. 오해 사기 딱 좋네."

옆에서 듣고 있던 윤후가 다시 두 사람을 보며 말했다.

"유즈 1집 1998년 발매, 1번 트랙… 11집 올해 2월 발매… 11번 트랙 '나쁘지만은 않아'까지."

몇 분가량 유즈의 1집부터 11집까지 100곡이 넘는 곡을 순서대로 말하는 윤후였다. 그런 윤후를 보던 박재진이 놀란 눈으로 윤후의 눈과 마주쳤다.

"…너, 내 팬이었구나? 와, 내 노래 순서까지 다 외우는 사람은 처음 본다. 하하하!"

"아닌… 읍!"

김 대표는 재빠르게 윤후의 등을 치며 말을 끊어버리고 자신이 말을 뱉었다.

"맞아. 이 자식 이거 형 팬이야. 회사에 형 사진 붙어 있는 거 보고 한참 보더라고."

"그래? 진작 말하지. 하하! 자주 보자. 나중에 CD 한 장 줘. 내가 하는 라디오에서 틀어줄게."

"완전 고맙지. 역시 한솥밥 먹던 정이 있어. 하하!"

"안 그래도 너랑 있을 때가 편했는데 혼자 다니려니까 힘들다."

자신도 모르는 사이에 박재진의 팬이 되어버린 윤후는 그다지 기분이 나쁘지 않았다. 말 몇 마디 뱉었을 뿐인데 어색한 사이가 무슨 가족이라도 된 듯이 바뀌어 버린 것이 신기했다. 생각보다 인간관계가 쉬운 것만 같았다.

그리고 잠시 후 윤송이 무대에 올랐다. 녹화가 시작된다는 사인과 함께 윤송이 심호흡을 크게 하고 표정을 바꾸었다. 모스트바운스의 타이틀곡이자 그나마 인기곡인 '위드 유'의 연주를 시작했다. 기존 곡에서 들리던 신시사이저의 소리는 전혀 들리지 않았고 담백하게 어쿠스틱 기타로 시작되었다.

사랑하는 연인과 함께해서 행복하다는 내용이 주였기에 노래를 부르는 윤송은 사랑스러운 미소를 짓고 있었고, 때로는 수줍어하는 얼굴로 노래를 불렀다.

무대를 무표정으로 보던 윤후는 연습 때와는 다른 윤송의 모습에 적잖이 놀랐다. 분명 연습할 때나 리허설 때 들은 것과 큰 차이는 없는데, 윤송이 부끄러운 듯 발을 꼬을 때마다 정말 자신에게 고백하는 것 같은 느낌이 들었다.

'잘하네. 확실히 보면서 듣는 것과 그냥 듣는 것은 차이가 있구나.'

윤송의 노래가 어느덧 코러스를 부를 부분이 되자 옆에서 대기하고 있던 반주자가 피아노로 합류했다. 피아노는 거칠게 시작해서 점점 부드러워졌고, 윤송의 기타는 상반되게 부드럽게 시작해서 거칠게 올라갔다. 그리고 마무리될 때쯤에 기타는 코드를, 피아노는 노래 멜로디를 연주하는 소리가 굉장히 조화롭게 들렸다.

노래를 듣던 박재진이 옆에서 무표정으로 무대를 보는 윤후를 향해 고개를 돌렸다.

"저 피아노는 남자 느낌이고 기타는 여자 느낌이야?"

"네."

"와우! 너 감각 좋구나? 나중에 나도 저렇게 표현해 봐야겠다. 진짜 좋네."

윤후도 자신의 의도를 알아차리는 박재진이 놀랍기도 하면서 뿌듯한 마음이 들었다. 박재진뿐만이 아니라 상대 팀은 물론이고 방청객들까지 좋다는 말을 연발했다.

"강유야, 반응 봐. 우리 이기겠는데? 이거 이러다 우리 역주행하는 거 아니냐?"

"휴, 그런 헛물켜지 말고 윤후나 잘 관리해라. 재진이 형 눈빛 봐라."

강유의 말대로 박재진은 상당히 호기심 어린 눈빛으로 윤후를 쳐다보고 있었고, 그 모습에 김 대표는 뿌듯함을 느끼면서도 이러다 다른 곳으로 가는 게 아닌지 내심 걱정이 되었다.

* * *

'돌아온 싱어'의 방영일 밤이 되었다. 가수로 정식 데뷔는 아니었지만, TV에 처음 얼굴이 나오는 만큼 정훈과 함께 보기 위해 거실 소파에 앉았다.

"아들, 누가 이겼어?"

"말하면 안 돼요."

"이제 시작인데 말해도 괜찮잖아. 이겼어?"

"무슨 서약서 같은 거 사인해서 말하면 안 돼요."

정훈은 둘만 있어서 말해도 될 법도 한데 끝까지 말을 안 해주는 윤후가 귀여웠다. 다 컸지만 사회생활을 안 해봤기에 하나하나 배워가는 모습 같아서 대견해 보였다. 조금 융통성이 없는 게 흠이지만.

"한다. 저 사람들, 다 만난 거야?"

"네."

"오! 아들, 출세했네! 하하! 그런데 아들은 언제 나와?"

"한참 뒤에 나와요."

한참을 보던 중 드디어 TV에 윤후가 나왔다. 정훈은 TV에 나오는 아들이 신기한지 멍하니 TV를 보는 윤후에게 어깨동무를 했다.

"아들, 완전 멋있네! 하하! 으… 응? 아들?"

MC들과 패널 모두가 윤후를 보는 모습이 클로즈업되는 장면이 나왔다. 부끄러운 듯 빨개진 얼굴을 숙이고 있는 이강유와 웃음을 참고 있는 상대 팀의 얼굴이 번갈아 나왔다.

"아들, 왜 저기 앉았어? 반대편 아니야?"

"긴장해서 잘못 앉은 거예요. 흠."

"크하하하! 잘했어. 굉장히 당당하네. 하하하하!"

"흠."

변호를 해주던 송이의 말은 편집되었고, 아무렇지도 않게 다시 일어나 김 대표의 옆자리로 자리를 옮기는 장면을 끝으로 윤후의 모습은 더 이상 방송에 나오지 않았다.

"하하하하! 아들, 일곱 시간 녹화했다고 안 그랬어?"

"기다린 시간까지 하면 일곱 시간이에요."

"일곱 시간 기다려서 일 분 나왔네. 괜찮아, 괜찮아. 임팩트 있었어."

"작업하다 잘게요."

결과를 알고 있기에 아직까지 웃고 있는 정훈을 뒤로하고 방으로 들어왔다. 큰 기대는 없었지만 첫 방송에서 우스운 꼴을 보인 것만 같아 약간 속상한 마음이다. 인터넷에서 보던 이불 킥이란 단어가 처음으로 어떤 뜻인지 마음 깊이 느껴졌다.

지이이잉.

책상 위에 올려둔 휴대폰이 울려 확인하니 메시지가 300개가 넘게 와 있었다. 메시지를 보려고 톡에 들어가니 전에 없던 대화방에 김 대표와 쌍둥이, 스타일리스트까지 윤후의 팀이 모두 있었다. 처음 해보는 단톡방이 신기한 듯 차례차례 읽어 내려갔다.

곧 방송 시작하니 모니터를 꼭 하라는 김 대표의 말부터 이프는 여전히 예쁘다는 쓸데없는 쌍둥이의 말까지 하나하나 읽었다. 그리고 한참을 읽어 내려가다 윤후가 TV에 나온다는 말까지는 있었지만, 그 이후로 대화가 뚝 끊겨 버렸다.

"하, 어렵네."

*　　　　*　　　　*

2층 연습실에 대식이 문을 열고 들어오면서 윤후를 보고는 입가를 씰룩이며 말했다.

"아직도 전화 붙들고 있는 겨? 너 수업 있다고 혔냐, 안 혔냐."

"흠."

'돌아온 싱어'의 방송 이후 전혀 생각지도 못한 일이 생겨 버렸다. 방송에 1분 남짓 나왔을 뿐인 장면이 인터넷에 짤방으로 돌아다니게 되었다. '내가 앉는 자리가 곧 내 자리요', '이 자리가 아닌가 벼' 등의 제목으로 인터넷 커뮤니티에 방송이 있던 날부터 돌아다니기 시작했다. 방송에 단 한 번 출연했을 뿐인데 얼굴이 인터넷에 돌아다니는 것이 신기하기만 했다.

"그만 봐야. 참말로 이상한 놈이여. 그거 다 놀리는 거여."

"네. 가요."

"아오! 속 뒤집히겄네."

답답한 듯 가슴을 두드리는 대식을 따라 지하 연습실로 내려가니 처음 보는 사람과 두식이 보였다. 김 대표 또래의 40대로 보이는 남자가 윤후를 스캔하듯 죽 훑었다.

"반가워요. 김민성이에요."

"네."

"또 그려. 내가 뭐라 혔냐. 네 하고 뭐 붙이라고 혔쟈?"

"네, 안녕하세요. 오윤후입니다."

김민성은 김 대표가 발전이 없는 윤후의 표정 변화 때문에 급하게 수배한 뮤지컬 배우였다. 그리고 윤후 역시 송이의 무대를 보면서 적지 않게 표현의 중요성을 느꼈기에 배워보고 싶었다.

"하하, 시간이 별로 없으니까 괜찮으면 일단 한번 들어볼까요? 대표님께 듣기는 했는데."

"네. 음. 해보겠습니다."

윤후가 노래를 시작하자 김 대표가 과장해서 말했다고 생각하던 것이 산산이 깨졌다. 오히려 굉장하다는 말로도 부족하게 느껴졌다. 어떻게 저렇게 얼굴에 아무런 변화 없이 목소리만으로 감정을 담는지 오히려 배우고 싶을 정도였다.

"노래에는 분명 감정이 담겨 있는데 어떻게 얼굴에는 변화가 없지?"

"그쥬? 저희도 걱정이 말이 아네유."

"윤후 씨, 혹시 지금 노래 부르면서 감정 표현한 거예요?"

"네."

"어느 부분에서 어떤 감정으로요?"

"처음부터 고마워하는 마음으로요."

김민성은 직접 표정을 보여주며 따라 해보라고 시켰지만, 윤후가 그것이 될 리가 없었다. 하지만 배워보겠다며 열심히 따라 하려는 윤후의 모습이 전혀 장난처럼 느껴지지 않자 오히려 더 큰 문제처럼 느껴졌다. 차라리 장난이었거나 하려고 하는 의지가 없었다면 TV나 공연은 때려치우고 노래나 부르라고 할 텐데 진지해도 너무 진지한 모습이었다.

그 뒤로도 한참 동안 얘기를 하며 얼굴에 표정을 담으려 노력했지만 허사였다.

"윤후 씨, 미안한데요, 당장은 하기 힘들 것 같아요."

윤후는 조금만 더 해보고 싶은 마음이었지만, 충분히 김민성의 마음을 이해할 수 있었다. 송이를 가르치며 답답해하던 자신을 떠올리며.

"네. 감사합니다."

"아, 그게 아니라 진짜로 표정을 드러내는 게 힘들 것 같다고요. 어쩔 수 없이 일단은 표정이 아닌 연기를 해보죠."

김민성은 스스로 다짐을 하는 듯 고개를 끄덕이고서 말했다.

"일단은 눈을 감아 봐요."

"네."

“천천히 감아요. 아니, 아니, 다시 더 천천히. 오케이. 그게 첫 번째.”

윤후는 그저 김민성의 말을 따라 했다. 전혀 불만을 가지지 않고.

“고개를 15도 정도만 밑으로 떨궈요. 그렇지. 그리고 그 상태에서 고개를 살짝 왼쪽으로.”

김민성은 직접 윤후의 머리를 만져가며 자세를 잡아주더니 고개를 끄덕였다.

“마이크 잡았다 생각하고 입에 가져다 대요. 거기 힘을 줘야 하는 부분에서 아주 살짝 고개를 내밀어요. 그리고 왼손은 주먹을 살짝 쥐고 쇄골 밑에. 오케이. 이거 잊지 말아요.”

“네.”

“자, 이게 슬픈 감정. 오케이?”

그 뒤로도 김민성은 여러 가지 콘셉트를 잡아주었고, 윤후는 그것을 외우려 노력하며 묵묵히 따라 했다.

“일단 이렇게 연습하면서 윤후 씨도 노력해야 돼요. 그래야 좀 더 자연스럽게 될 테니까요.”

자리에 앉아서 김민성의 얘기를 듣고 있을 때, 연습실 뒤 의자에 앉아 있던 대식의 휴대폰이 울렸다.

“알겠어유. 그럼 올라갈게유.”

전화를 끊은 대식이 의자에서 일어나 두 사람에게 다가왔다.

"선생님, 다 끝나셨어유? 죄송하지만 스케줄이 있어서유."

"아, 네. 안 그래도 오늘은 여기까지 하려 했습니다. 윤후 씨, 다음 주에 봐요."

"네, 감사합니다."

김민성이 나가고 난 뒤 윤후가 조금 전에 배운 것을 다시 해보려 할 때, 대식이 말했다.

"옥상 가야 혀. 언능 가봐."

지하에 내려오기 전에도 옥탑 사무실에 들렀다 왔기에 왜 또 부르는지 귀찮기만 했다. 지금 당장은 조금 더 연습을 하고 싶은 마음에 가만히 서서 대식을 쳐다봤다.

"말로 혀라고 혔냐, 안 혔냐. 정말 답답해 뒈지는 꼴 보고 싶은 겨?"

"무슨 일인데요?"

"나도 몰러. 그냥 올라오라고만 혔으니까 후딱 가야 혀."

*　　　　*　　　　*

옥탑에 도착하니 화기애애한 분위기로 웃고 떠드는 모습이 보였고, 옥상 정자에는 사무실 식구뿐만이 아니라 이강유와 윤송까지 있었다.

"왜 부르셨어요?"

"자식이. 너, 방송 끝나고 인터넷에 많이 돌아다니더라? 하하하하!"

"흠. 네."

"자식이. 이거 봐. 종락이가 보도 자료 뿌린 거니까."

윤후는 A&R 팀장이자 홍보 담당인 이종락이 웃으며 내민 태블릿 PC를 받아 들었다.

〈신인 싱어송라이터의 패기, 어디에서 그런 패기가 나오는가 했더니 바로 실력에서?〉

기사를 차근차근 읽어가다 상대 팀에 무표정으로 앉아 있는 사진이 거슬렸지만 전체적으로 칭찬하는 얘기와 함께 곧 발매하는 미니 앨범의 홍보였다. 그리고 제일 마음에 드는 부분은 기사 하단부에 있는 박재진의 인터뷰 내용이었다.

'기대되는 뮤지션이 나타난 것만 같아 흥분된다. 그의 음악을 손꼽아 기다리는 중이다'라는 글이 윤후를 기분 좋게 만들었다. 짧게 대화를 나눴을 뿐인데 좋은 인터뷰를 해준 박재진이 새로이 보였다.

"어때? 오히려 잘됐어. 자리 한번 잘못 앉아서 홍보도 되고. 하하하하!"

"이거 때문에 부르신 거예요?"

"크크, 회식하려고 불렀지. 복덩이가 빠지면 안 되니까."

평소에도 자주 복덩이라 부르기에 그러려니 할 때 옆에서 웃고 있던 이강유와 윤송이 입을 열었다.

"윤후야, 축하해."

"후 님, 축하해요!"

"네."

무엇을 축하하는지도 모르고 일단 대답하고서 축하받을 일이 뭐가 있을까 곰곰이 생각했다.

"봤쥬? 제가 왜 그러는지 이제 알겠어유? 점마 분명히 뭔지도 모르고 네라고 한 거라니까유."

"뭔데요?"

"아이고, 미쳐 버리겠슈, 진짜!"

"헤헤, 2017년 버전 '위드 유', 차트 입성했어요! 그것도 7위!"

"그래, 그래서 축하하는 거야. 제작진도 방송한 곡 중에 처음으로 차트 순위 올랐다고 엄청 좋아하더라. 재진이 형도 그래서 인터뷰해 준 거고. 으이구, 복덩아!"

인터넷에 돌아다니는 짤방과 댓글만 확인하느라 생각지도 못했고, 이미 녹화 전에 녹음실에서 녹음해 둔 음원을 제작진에게 넘겼기에 신경 쓰지 않고 있었다. 정확히는 음원이 풀린 줄도 몰랐다.

직접 확인하고 싶은 마음에 휴대폰을 꺼내 음원 사이트로 들어갔다. 그리고 음원 사이트의 페이지를 손으로 넘기다가 자신이 편곡한 곡을 발견했다.

7위 With you—윤송(돌아온 싱어 Part.8)

지기 싫은 마음에 꽤나 신경 써서 만들었는데 사람들도 그것을 알아주는 것 같아 가슴이 벅차올랐다. 비록 직접 부르지는 않았지만 지금 윤후는 뭔가 해낸 것만 같았다.

'봤어? 할배, 아저씨들, 딘, 봤냐고? 나 7위했어. 굉장하지?'

휴대폰을 보며 십 년간 함께한 그들에게 자랑했다. 직접 듣지 못하는 것은 아쉽지만, 그들이라면 분명히 자신보다 더 기뻐했을 것이라고 생각하니 윤후의 얼굴에 뿌듯한 미소가 생겼다.

한참 동안이나 음원 사이트의 순위를 보던 중 이상함을 느껴 고개를 들어 주변을 보니 사무실 식구 전부가 자신을 보고 있었다.

"봤어, 강유야? 쟤 저렇게 활짝 웃는 거 본 적 있냐?"

"아니. 처음 본다. 저렇게 웃을 수도 있는 놈이네."

"남자애가 웃는 게 어쩜 저렇게 예쁘냐. 내가 다 설렌다."

윤후는 그제야 자신이 웃고 있는 것을 느끼고는 자신이 어떤 표정이길래 앞의 사람들이 놀라는지 궁금했다. 그래서 지금 표정을 연습하면 좋을 것 같다는 생각에 휴대폰으로 촬영하려 했지만 이미 스스로 다시 어색함을 느꼈다.

"저거 완전 똘아이쥬? 웃다 말고 사진 찍잖아유."

"똘아이라니, 인마. 복덩이지. 넌 이제 고기나 구워라. 맞다. 지하 애들도 올라오라 그러고."

*　　　*　　　*

회사 안에 있던 사람들이 함께 회식 같지 않은 갑작스러운 회식을 하고서 하나둘씩 볼일을 보러 흩어졌다. 아직 옥상에 남아 있던 윤후는 난간에 기댄 채 지나가는 차를 보며 생각에 빠져 있었다.

'손은 쇄골 밑, 그리고 천천히 감았다가 쉴 때 천천히 뜨고.'

연습실에서 김민성에게 배운 포즈를 한참 연습하고 있을 때, 김 대표와 이강유가 다가와 윤후의 옆에 섰다.

"뭐 하느라 그렇게 넋 빠져 있어?"

"음, 아까 배운 연기 연습이요."

이강유가 얼굴을 찌푸리며 김 대표를 노려봤다.

"연기 안 시키니까 걱정 마라. 누가 보면 나는 악덕 사장이고 너는 윤후랑 가족인 줄 알겠어."

김 대표가 강유를 향해 손을 젓고서 윤후에게 물었다.

"그 사람 괜찮지? 할 만해?"

"네."

"너 데뷔 일까지 2주 남았으니까 열심히 배워. 그래서 오늘은 뭐 배운 거야? 한번 보자."

"노래 부르면서 눈 천천히 감았다 뜨는 거랑 슬픈 척하는 법이요."

"해봐. 보게."

윤후는 마침 아까 배운 연기를 가미해서 실제로 부르면 어떤 느낌일까 생각하던 차에 잘되었다 생각했다. 그런데 한 번 더 동작을 떠올리고는 노래를 부르려 하니 문제가 생겼다.

"음, 기타 들고서 하는 법은 못 배웠는데. 그냥 기타 없이 불러볼게요."

어떠한 반주 없이 미니 앨범의 여섯 번째 곡이자 딘의 의견이 많이 들어간 'Feel my heart'를 부르기 시작했다. 김민성에게 배운 것을 되새기며 첫 마디 들어갈 때 김 대표와 마주치고 있던 눈을 천천히 감았다.

내 삶에 어둠만이 가득했던 그 시절에
우연히 너를 만났던 그날에

곡을 부르며 아주 차분하게 평소처럼 목소리에 감정을 담아 불렀다. 배운 대로 눈을 감고 고개를 기울인 채로. 어느덧 노래는 끝 부분에 다다랐고, 그제야 손을 가슴에 얹고 눈을 천천히 떴다.

단, 단 하루만 너와 함께할 수 있다면 오
그렇게 될 수 있다면
바보처럼 가슴에서만 외쳐본다

그렇게 노래를 마치고 가슴팍에 올려놓은 손을 천천히 내리고 조용해진 주변을 살폈다.

* * *

윤후가 노래를 시작할 때 주변에 남아 있던 사무실 직원과 윤송이 김 대표의 옆으로 다가왔다. 이미 홍보를 위해 제작한 CD로 많이 들어왔지만, 자신들도 좋아하는 곡이기에 기대를 하며 윤후를 바라봤다. CD에서 들었던 피아노 소리가 없이 바로 윤후의 목소리가 시작될 때, 윤후의 눈이 천천히 잠겼다. 그러고 나서 천천히 고개를 떨구는 모습에 슬픈 목소리가 겹치자 노래를 듣던 사람들이 안쓰러운 얼굴로 변했다.

"아……."

사람들 모두가 윤후에게서 한시도 눈을 떼지 못했다. 그리고 윤후의 눈이 천천히 떠지며 가슴 언저리에 손이 올라올 때에는 다들 마른침을 삼켰다.

그리고 어두운 옥상 정자에 달린 작은 조명에 비춰지는 윤후의 몸짓이 한없이 가슴 아프게 다가왔다.

어느덧 노래가 끝났지만 윤후와 눈을 마주 보고 있는 김 대표는 붉어진 얼굴로 눈을 떼지 못했다. 무슨 말을 어떻게 해야 할지, 지금 이 답답함이 무엇인지 알 수가 없었다. 그리고 그때 옆에서 숨을 크게 내뱉는 대식의 목소리가 들렸다.

"뭐여? 숨 쉬는 걸 까먹어 버렸어야."

"하아!"

그제야 다들 숨을 내뱉었고, 김 대표도 숨을 크게 뱉자 답답하던 가슴이 해소되었다.

"어라? 대표님, 울어유?"

"아니야, 인마. 저리 비켜봐. 너 때문에 답답하다."

김 대표는 노래가 끝나자 또다시 무표정으로 사람들을 쳐다보는 윤후의 모습에 기가 찼다. 무표정으로 다시 손동작을 연습하는 모습만 보니 영 이상했다. 저 모습에 숨소리라도 섞일까 조심하던 자신의 모습에 헛웃음이 나와 버렸다. 역시 윤후는 이상한 놈이었다.

윤후의 노래에서 깨어난 김 대표가 주위를 돌아보며 말했다.

"동영상 찍은 사람? 없어? 에휴, 뭐 했냐, 너희들은? 아이고, 이것들을 데리고 내가 뭘 한다고."

"지금 찍으면 돼쥬. 후야, 한 번 더 해야."

"에이, 처음 봤을 때 찍어야 그 리얼한 맛이 사는데. 나중에 다시 찍어."

김 대표의 말에 다들 아쉽지만 어쩔 수 없다는 듯 고개를 끄덕거릴 때, 구석에 있던 윤송이 입을 열었다.

"흡. 제가 찍었어요!"

윤송이 훌쩍거리며 휴대폰을 든 손을 흔들었다.

"울었어? 그거 종락이한테 보내줘. 윤후 발매일 맞춰서 인터넷에 업로드하고. 그리고 윤후야, 나머지도 지금처럼 가능해?"

"음, 오늘은 이것만 연습했어요."

"그래, 알았어. 다섯 곡 다 천천히 찍어두기로 하자."

"네."

* * *

데뷔 일주일 전. 옥탑 사무실 분위기가 영 어수선했다. 지금까지 이런 경우가 없었는데 어째서인지 서로의 의견이 맞지 않았다.

"그것도 좋은데 'Feel my heart'가 제일 좋잖아? 다들 봤잖아. 그날도."

"난 '감사'가 제일 좋은데."

"나도 좋더라. 그래도 '눕고 싶어'가 담담한 게 우리 후한테 딱, 어울리지 않아?"

"대표님, 그러지 말고 한 달에 한 곡씩 발표하자고 다시 말해보면 안 돼요? 너무 아까운데."

김 대표 역시 아쉬웠다. 윤후에게 그렇게 하는 것이 좋을 것 같다는 듯이 살짝 운을 띄어봤지만 항상 '예'로 대답하던 윤후가 어째서인지 절대 안 된다며 학을 뗐다. 다른 곡이면 몰라도 이번 여섯 곡만큼은 꼭 같이 붙어 있어야 한다는 강한 주장에 한발 물러서야 했다.

시간이 지나도 의견이 좁혀지지 않았고, 한 곡씩 발표하고 싶다는 미련만 더 커져갔다.

"그냥 타이틀곡 없이 갈까요?"

"인마, 그럼 방송은 뭐로 하고? 랜덤이냐?"

"방송만 아니면 타이틀곡 없어도 전혀 문힐 거 같지 않은데."

"흠."

김 대표는 배부른 고민이지만 혹시나 자신이 밥상을 엎는 역할을 할까 봐 머리가 아팠다. 음원 시대의 고객은 대부분 앨범의 타이틀곡을 우선 들어보기 때문에 타이틀곡이 없다는 것은 말도 안 됐다. 고민스러움에 머리를 흔들 때, 재무 겸 총무를 맡고 있는 선영의 목소리가 들렸다.

"참, 금요일에 '구름' 애들 공연 못하는 거 아시죠?"

"왜? 무슨 일 있어?"

"대전 가야죠. 대학 축제, 어떻게 해요? 하루라서 대여하기도 힘들고 다른 애들 물어볼까요?"

"아, 그랬지. 알아서 해."

한숨을 내쉬고 다시 손에 쥔 펜으로 종이에 적어놓은 윤후의 곡들을 동그라미 치며 생각했다. 그러던 중 김선영의 말을 들으며 자신도 모르게 적어놓은 소극장이 눈에 띄었다.

"종락아, 타이틀곡을 사람들이 직접 듣고 결정하게 하면 어떨까?"

"뭐, 그런 경우도 있긴 한데 그러려면 신인은 좀 힘들죠. 잘못하면 타이틀곡도 못 정하는, 일 못하는 회사라고 욕먹어요."

"흠, 아니야. 그래도 해야겠다. 욕먹어도 해야겠어. 금요일이면 딱 괜찮네. 3일 뒤니까. 공연장 그대로 이용하고 포스터 같은 거랑 자잘한 거는 너희가 정하고. 무료로 하는 대신 투표는 꼭 하는 조건으로."

3일 뒤로 공연 날짜를 갑자기 잡는 김 대표 때문에 사무실은 분주해졌고, 김 대표는 대식에게 전화를 하고서 사무실을 나와 빠르게 지하 연습실로 내려갔다. 그리고 지하 연습실 문을 열자 벽에 기대앉은 채로 연습하고 있는 연습생 삼인조를 쳐다보고 있는 윤후가 보였다.

"여기서 뭐 하고 있어? 연기 수업 있었어?"

"아니요."

"연습은 잘 하고 있어? 놀고 있는 거 아니지?"

윤후는 다른 사람의 표정은 어떨까 궁금한 마음에 그나마 회사 안에서 가장 표정이 다양한 연습생 세 명을 보고 있는 중이었다. 하지만 자신과 별 차이가 없어 보이는 모습에 안 그래도 그만 일어서려 했다.

"무슨 일이에요?"

"어, 일단 나가서 얘기하자."

윤후가 김 대표를 따라 연습실을 나가는 모습을 보자마자 연습생들이 그제야 털썩 자리에 주저앉았다.

"저 사람 진짜 개 또라이 아니냐?"

"욕하지 마. 니가 우상 욕한다고 에이토 눈 변하는 거 봐라."

"또라이를 또라이라고 그러지. 저 새끼가 세 시간 동안 뚫어져라 쳐다보는 통에 쉬지도 못하고. 안 그래? 에이토 너도 계속 눈치 보더만."

"신기하긴 해. 앉고 나서 한 번도 안 움직이더라."
"대단하다, 흔 니!"
에이토를 제외한 연습생 두 사람은 윤후가 나간 문을 보며 질린 듯 고개를 절레절레 저었다.

*　　　　　*　　　　　*

라온 엔터가 관리하는 홍대의 작은 소극장이 사람들로 가득 찼다. 급하게 잡은 공연인지라 홍보도 라온 엔터의 SNS에 '타이틀곡을 정해주세요'라는 글뿐이었다. 선착순 100명에 한하여 입장이 가능하다고 공고했지만, 생각보다 많은 사람이 몰려 스탠딩 공연장인 소극장에는 발 디딜 틈조차 없었다.
무대 뒤 대기하는 공간에서 김 대표는 웃는 얼굴로 윤후의 어깨를 두드렸다.
"어때? 우리 회사가 이 정도야. 급하게 잡은 공연도 매진시키는 거 봤지?"
"공짜니까요."
"아, 아니야, 인마. 신경 많이 썼다. 저 사회자도 돈 많이 들였어."
신경 쓰고 있음을 어필하는 김 대표가 평온한 얼굴로 기타를 만지고 있는 윤후를 보고 말했다.

“잘할 수 있지? 쇼케이스나 다름없으니까 잘해야 된다? 방송할 때처럼 긴장하지 말고. 바로 나가서 가운데 테이프로 X 자 붙인 데 서면 돼. 아까 해봤지?”

“네.”

“그래, 곧 소개할 것 같다. 첫 곡은 인사 없이 바로 시작하는 거 알지? 대식아, 윤후 물 좀 줘. 목 축이고 준비해.”

오히려 윤후보다 김 대표가 더 긴장한 듯 부산을 떠는 모습이다. 그리고 잠시 후 사회자의 소개가 들렸다.

“잘 듣고 기억해서 나가실 때 꼭 투표해 주세요! 촬영은 가능하지만 웬만하면 자제해 주시길 바랍니다! 그럼 오늘 무대의 주인공이자 여러분의 심사를 받을 가수를 소개합니다! 싱어송라이터 Who!”

윤후는 김 대표의 걱정이 쓸데없었다는 듯이 자연스럽게 X 자가 표시 된 무대의 가운데에 섰다. 무대 위에서 보니 생각보다 사람들이 많았다. 방송은 아니었지만 사람들 앞에서 자신의 노래를 부른다고 생각하자 긴장되기는커녕 흥분이 몸을 감쌌다.

관객들 다수가 마치 ‘들어줄 테니 빨리 해보라’는 얼굴이었다. 그런 관객들의 얼굴을 천천히 쳐다보던 윤후는 대답을 하듯이 고개를 끄덕였다. 그리고 앰프에서 첫 번째 곡인 ‘Feel my heart’의 전주가 흐르며 조명이 꺼졌다.

무대가 한밤중처럼 깜깜해진 가운데 스포트라이트 하나만이 윤후를 비추었고, 노래를 부르기도 전에 관객 모두가 윤후에게 집중했다. 그리고 윤후의 눈이 천천히 감기며 노래가 시작되었다.

내 삶에 어둠만이 가득했던 그 시절에

단지 첫 마디를 내뱉었을 뿐이지만, 관객들은 눈도 깜빡이지 못하고 윤후의 입에서 나올 다음을 기다렸다. 윤후의 조심스러운 움직임에 혹시라도 침 삼키는 소리가 방해라도 될까 봐 그마저도 못했다. 윤후가 눈을 천천히 뜨고 관객들을 바라볼 때, 곳곳에서 탄식 소리가 들렸다. 그리고 윤후의 손이 가슴에 올라올 때는 관객들 모두가 주먹을 꽉 쥐고 있었다.

노래를 마친 윤후는 관객들의 반응이 눈에 들어왔고, 멍하니 자신을 쳐다보는 관객들을 보자 언제 슬픈 곡을 불렀냐는 듯 밝은 미소가 생겼다.

"감사합니다."

윤후의 인사에 관객들은 그제야 침을 삼키며 숨을 크게 내쉬었다.

"뭐야? 소름끼쳤어. 처음부터 끝까지."

"하, 그냥 영화 본 것 같아. 가슴이 먹먹하다."

사회자 역시 윤후의 곡을 처음 들어봤기에 관객들의 반응과 다를 바 없었다. 무대가 끝났음에도 올라가지 않고 밑에서 한참을 바라보기만 했다. 그 모습을 보던 김 대표가 환한 미소가 걸린 얼굴로 손짓하자 그제야 정신을 차리고 황급히 무대에 올랐다.

"후아! 정말 대단하네요. 이런 곡이 있는데 타이틀곡을 못 정했다고요? MC라서 하는 말이 아니라 노래를 들으면서 이렇게 정신을 놓아 보긴 처음이네요. 여러분은 어떠셨어요?"

관객들의 반응도 다를 바 없었다. 사회자가 관객들과 소통할 때 대식이 의자를 들고 나와 무대에 놓고 기타를 갖다 주었다. 윤후는 아무 말도 없이 기타를 들고 의자에 앉은 채 기다렸다.

"두 번째 곡도 정말 정말 기대가 되네요. 벌써 준비하고 계신 거 보이죠? 방송에서도 그러더니 빈 의자만 보이면 앉는 버릇이 있나 보네요. 하하!"

"……."

첫 번째 곡이 무거웠던 만큼 분위기를 조금 환기시키는 노련한 사회자의 말이 끝나자 윤후는 고개를 끄덕이며 자세를 고쳐 잡았다. 백수 아저씨와 함께 만든 곡이다. 이 곡 때문에 많이 툭탁거리기도 했지만, 백수 아저씨의 느낌이 물씬 풍기는 이 곡 역시 너무나 좋았다. 제목이 조금 부끄러웠지만.

"다음 곡은 어떤 곡이죠?"

"음, '눕고 싶어'요."

"여기예요? 하하! 농담입니다! 여러분도 오해 마시고요! 곡 제목이 '눕고 싶어'입니다!"

관객들이 웃는 것을 보니 윤후도 절로 미소가 지어졌다. 윤후는 자신이 웃고 있는 것을 전혀 개의치 않았지만 윤후를 알고 있는 소속사 식구들은 윤후가 노래 부를 때보다 더 경악한 얼굴로 바라보았다.

사회자가 내려가자 윤후는 고개를 끄덕이며 기타의 바디를 두드려 리듬을 맞췄다. 여섯 곡 중 유일하게 밝은 풍이었기에 기타를 가볍게 연주하기 시작했다. 관객들도 윤후의 기타 소리에 고개를 끄덕이며 리듬을 맞추는 모습이다.

햇살 비추는 창가 밑 침대에 누워 있는 게 제일 좋아
그냥 아무것도 안 하고 눕고 싶어

윤후는 정말 아무것도 하기 싫은 모습으로 조금은 귀찮은 듯 툭 내뱉듯 노래를 불렀다. 관객들도 한 번쯤은 생각해 봤을 만한 가사에 고개를 좌우로 흔들며 웃고 있었다.

코러스에 들어가기 바로 전, 곡의 하이라이트라고 할 수 있는 부분이 다가왔다. 윤후는 김민성에게 배우고 연습한 대로 기타 연주를 멈추고 엄지로 옆을 가리켰다. 그러고는 고개를 옆으로 까딱거렸다.

너도 누울래?

"꺄아아악!"

말처럼 내뱉는 윤후의 말에 여성 관객들이 오글거리면서도 재밌다는 듯이 양손을 주먹 쥐며 웃었다. 그 무대를 보던 김 대표의 눈이 놀란 듯 멍해 있다. 자연스러워도 너무 자연스러웠다. '너도 누울래?'라고 물어보듯이 노래를 부르고서 관객들의 반응에 웃는 모습까지 보이자 자신이 아는 윤후가 맞는지 의심스러울 정도였다.

"우리 윤후 맞지?"

"맞어유. 저놈의 자식, 그동안 엿 먹으라고 연기한 거 아녀여?"

"됐다. 촬영이나 잘해."

윤후는 지금의 공연이 정말 재미있었다. 관객들 한 명, 한 명의 반응이 마치 자신에게 대답하는 것 같이 느껴졌다. 그래서 신이 날 수밖에 없었고, 관객들의 반응 또한 더 오를 수밖에 없었다.

아무것도 안 할 테니 그냥 누워. 누워 있느라 바쁜데 손은 뭐 하러 잡아

관객들이 소리를 내지는 않았지만, 남녀 할 것 없이 얼굴에 미소가 걸렸다. 노래를 마친 윤후는 자신을 보며 미소 짓고 있는 관객들을 향해 웃는 얼굴로 말했다.

"끝."

그 뒤로도 나머지 곡들까지 무사히 끝냈다. 관객들의 반응은 두말할 것 없이 좋았다. 윤후의 행동 하나하나에 반응을 보였고, 윤후는 그동안 볼 수 없던 자연스러운 얼굴로 공연을 했다.

"가수야. 저게 가수지. 천상 연예인 할 놈이다. 안 그러냐?"

"쟈가 가수지 그럼 뭐 배우겠어유? 쟈가 웃는 것이 신기하긴 하네유."

어느덧 윤후의 마지막 곡이자 윤후가 고마움을 담은 곡인 '감사'만이 남았다. 사회자가 소개하는 동안 기타를 안은 윤후는 눈을 감고 할배, 아저씨들, 딘까지 한 명, 한 명 떠올리곤 눈을 떴다. 앰프에서 공연용으로 준비한 기타 녹음이 들리자 윤후는 빈 음에 맞춰 연주하며 노래를 시작했다.

잊지 않아요 그대 울지 않아요 이제

진심을 담은 윤후의 노래에 공연장의 분위기가 갑자기 숙연해졌다. 기타 소리에 얹히는 윤후의 노래를 들으며 '그랬구나' 하는 듯이 고개를 끄덕거리는 사람도 있었고, 옆에 있는 연인의 얼굴을 보는 사람도 있었다. 또한 팔짱을 끼고 눈을 감은 채 노래에 빠져 있는 사람도 꽤 많이 보였다.

윤후는 진심을 다해 노래를 불렀고, '고마워요'라는 가사를 끝으로 노래를 끝마쳤다. 관객들 앞에서 자신의 얘기를 꺼낸 것 같아서 조금 머쓱해할 때, 맨 앞에 있던 김 대표가 윤후를 보며 말했다.

"나도, 우리도 고마워."

"……."

김 대표의 '고마워'라는 말이 마치 그들이 자신에게 하는 것처럼 느껴졌다. 윤후는 활짝 웃으며 고개를 끄덕거렸다.

Chapter 6
첫 음악 방송

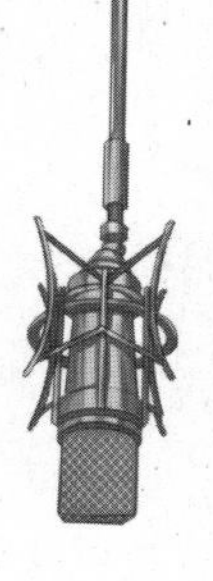

인터넷 신문사 '나이스데이'의 취재기자인 이주희는 옆에 누가 온 줄도 모른 채 인터넷 서핑에 몰두했다.

"야, 이주희! 오자마자 뭐 하냐니까?"

"잠깐만요. 맞다, 선배님. 전에 라온에서 보도 자료 보낸 거 버렸어요?"

"뭐? 한두 개도 아니고 그걸 내가 어떻게 다 기억해? 그런데 라온이면 말도 안 되는 보도 자료 내보내 달라고 하는 데 아니야? 거긴 왜?"

"음, 있긴 있죠? 버린 건 아니죠?"

"모르겠는데… 네가 찾아봐. 왜 그러는데?"

"나한테……."

"너한테?"

"웃으면서 옆에 누우라고 했어요."

*　　　　*　　　　*

라온 엔터의 윤후와 모든 직원의 눈이 김 대표의 손에 꽂혀 있다. 김 대표는 파란색 종이를 보고 의외라는 듯 놀란 얼굴을 하더니 씨익 웃었다.

"대표님, 답답해요! 뭐예요? '감사' 맞죠?"

김 대표는 파란색 종이를 펼쳐 동그라미가 찍힌 곳을 가리키며 말했다.

"크크, 아니. '눕고 싶어'. 이거 완전 의외지? 음, 그럼 어떻게 되는 거지?"

"그럼 세 곡이 동점인데요? 하하!"

공연이 끝나고 곧바로 회사로 돌아온 라온 엔터의 식구들은 바로 타이틀곡을 고르기 위해 지하 연습실로 왔다. 140명 관객들의 표와 사무실 식구 및 진행 알바들의 표까지 더하자 160표가 되었다. 그 안에서 판가름이 나길 바라는 마음도 있었지만, 이미 공연장에서 관객들의 반응을 확인한 직원들은

표가 무의미하게 느껴졌다. 왜냐면 그 어떤 가수가 오더라도 미발표 곡으로 이 정도의 반응을 이끌어내기는 쉽지 않을 것 같았다.

"그럼 '감사'랑 '눕고 싶어', 'Feel my heart'가 30표씩 공동 1등이네. 에이, 그냥 세 곡 다 타이틀로 하자! 어때? 윤후 넌 뭐 하고 있냐?"

김 대표는 벽에 기댄 채 휴대폰을 보고 있는 윤후를 가리키며 말했다.

"야, 인마. 지금 네 얘기하는 중이야. 휴대폰으로 하는 것도 없으면서."

윤후는 공연 때와 달리 다시 무표정한 채로 김 대표에게 휴대폰을 내밀었다.

"뭐 보는데? 이게 뭔데? W.A.W? Who are Who? 이게 뭐야?"

"기사요."

"뭐?"

데뷔를 한 것도 아니고 공연이 끝난 지 하루가 지난 것도 아니다. 불과 몇 시간 전인데 벌써 기사가 올라왔다는 윤후의 말에 김 대표는 휴대폰을 빼앗듯이 가로챘다.

"뭐야? 진짜네? 완전 대박이잖아! 너희들, 보도 자료 벌써 보냈어?"

김 대표는 무료 공연을 하자마자 생긴 기사에 기뻐하며 직원들을 쳐다봤다. 그때 옆에 있던 대식과 두식의 목소리가 들렸다.

"저 기사는 어떻게 찾은 겨?"

"맨날 지 이름 검색하잖여."

"그려?"

김 대표는 김이 팍 샌 얼굴로 윤후에게 휴대폰을 돌려줬다. 그러고는 박수를 치며 시선을 집중시킨 뒤 해야 할 작업들을 지시했다.

"벌써 기사 낸 거 보면 잘 본 거 같은데 이 기사 쓴 기자 찾아서 자료 더 보내주고, 영상 찍은 것들 편집해서 내일까지 올려. 윤후 팀은 혹시라도 탈 없게 관리 잘하고."

휴대폰을 돌려받은 윤후는 이미 기사를 다 읽었지만 마음에 드는 부분을 보고 또 봤다.

각 노래들은 누군가를 떠올리게 만들었다. 가족, 연인, 때로는 친구. 공연장 안의 관객이 공연 내내 느꼈을 것이다.

지금 보는 이 기사와 공연장에서의 관객들 반응을 떠올리던 윤후의 얼굴에 미소가 지어졌다.

*　　　*　　　*

윤후의 미니 앨범인 'Sixth Sense'가 발매 예정인 당일.

오전부터 좁아터진 옥탑 사무실에서 김 대표 및 사무실 직원들은 아무 말도 없이 각자의 휴대폰과 컴퓨터만 보고 있었다.

"얘기 잘해놨지? 빼놓은 곳 없고? 우리 애들 SNS에도 올리는 거 알지?"

"대표님, 좀! 조금 전에도 했다고 얘기했잖아요."

"야, 긴장돼서 그러지. 어우, 왜 이렇게 내가 다 떨리냐. 데뷔할 때보다 더 떨리는 거 같네."

김 대표는 시계를 한번 보고는 다시 물었다.

"윤후, 잘 도착했대? 쌍둥이 전화 안 왔어?"

"집 앞에서 태워서 출발했다고 조금 전에, 그것도 방금 전에 말했어요!"

"아, 그랬지. 아, 내가 갈 걸 그랬나? 야야, 열두 시다."

정오가 되자 윤후의 음원이 풀렸다. 비록 첫 페이지는 아니지만 신규란에 윤후가 찍은 앨범 재킷 사진이 보였다. 김 대표가 느끼기에는 양옆에도 다른 신곡의 재킷 사진이 있었지만 윤후는 사진만으로도 이 페이지의 주인공처럼 느껴졌다.

"잘 나왔어. 좋아. 오늘 방송만 터져주면 순위에도 들 거 같은데, 잘하겠지?"

"공연 때처럼만 하면 잘하겠죠. 자꾸 정신없게 떠들지 말고 할 거 없으면 다운이라도 받으세요."

"어, 그래! 받아야지! 우리 복덩이 거 받아야지!"

*　　　*　　　*

데뷔 무대인 탓에 다소 일찍 SBC 방송국에 도착한 윤후는 대식을 따라 대기실로 향했다. 신인이기에 좋은 대기실이 아닐 것은 알았다. 하지만 모든 가수들이 꺼리는, 지상파 중 오직 SBC방송국에만 있는, 다른 가수와 함께 사용해야 하는 대기실을 배정받았다. 그럼에도 윤후의 표정은 별반 달라지지 않았다.

음악 감독 아저씨에게 방송에 출현하는 것이 분명 쉽지 않다고 들었건만, 지금 이 자리가 신기하고 설레기만 했다. 물론 김 대표가 첫 방송을 잡기 위해 얼마나 많은 노력을 했는지 들어야 했지만.

대기실 문 앞에서 김 대표를 생각하다 말고 고개를 젓는 윤후를 보며 대식이 오해를 하며 입을 열었다.

"어쩔 수 없는 겨. 초짜잖여. 여도 다 칸막이 있어서 괜찮여."

"네."

"그려. 뭣 혀. 들어가."

대기실에 붙어 있는 자신의 이름인 'Who'를 보고서 문을 열었다. 일찍 온 탓인지 아무도 없는 대기실이었고, 칸막이로 가려진 곳에 이름이 붙어 있었다. 덩치가 큰 대식과 스타일리스트, 윤후가 함께 들어서자 대기실이 꽉 찬 느낌이다. 윤후가 의자에 앉는 것을 본 대식이 윤후를 남겨두고 요깃거리를 사온다며 나갔다.

윤후는 낯선 장소임에도 어색하지 않은지 두리번거리고는 휴대폰을 꺼내 들었다. 스타일리스트인 미정은 당돌한 윤후의 모습에 피식 웃었다. 자신이 맡던 연차가 있는 그룹들도 데뷔 날에는 긴장해서 들떠 있게 마련이었는데 어느새 귀에 이어폰을 꼽은 채 눈을 감고 있는 윤후의 모습이 신선했다.

"후야, 안 떨려?"

"떨리죠."

"그래? 하나도 안 떠는 것 같은데?"

"떨려요. 저번처럼 일곱 시간 동안 갇혀 있어야 해요?"

"음, 한 시 리허설에다가 다섯 시 방송이니까 그 정도 되겠는데?"

윤후가 알았다는 듯 고개를 끄덕이는 모습에 미정이 피식 웃었다. 그 뒤로 둘은 대화 없이 한참을 멍하니 있을 때 대기실 문이 열리며 사람들이 들어오는 소리가 들렸다.

"에이, 막방까지 같이 쓰는 곳이네."

"후가 누구야? 이번에 데뷔하는 팀인가? 매니저 오빠는 알아요?"

"너희들, 누구 있으면 어쩌려고 그래? 항상 행동 조심하라고 했지?"

"알았어요, 한번 보고 올까요?"

같은 대기실을 쓰는 밴드 걸 그룹 '밴디스'의 막내가 칸막이 틈으로 얼굴을 빠끔히 내밀었다. 그리고 의자에 앉아서 자신을 멀뚱히 쳐다보는 윤후와 눈이 마주쳤다.

"죄송합니다!"

울상으로 변해 버린 얼굴을 황급히 빼고 자신들끼리 쑥덕거렸다.

"있네, 있어!"

"거 봐라. 자식들이. 빨리 인사해."

밴디스의 멤버들이 이미 얼굴을 들이민 칸막이에 노크를 했다. 그에 미정이 일어서서 칸막이를 밀었고, 윤후 역시 따라 일어섰다. 윤후는 대식에게 신인답게 누가 인사하기 전에 먼저 인사 잘하라고 귀에 딱지가 앉도록 들었기에 칸막이가 치워지자 인사를 건네려 했다.

"둘, 셋. 다 함께 스마일! 안녕하세요! 저희는 '밴디스'입니다!

잘 부탁드립니다!"

"네."

머리가 땅에 닿도록 숙이며 크게 외치는 네 소녀의 목소리에 당황해서 평소처럼 '네'라고 대답해 버렸다. 그때 옆에 있던 미정이 윤후의 등짝을 때리며 말했다.

"뭐가 네야? 너 대식 오빠한테 이른다?"

윤후는 회사에서 가르쳐 준 몇 가지 안 되는 것 중 인사를 떠올리고는 고개를 숙이며 인사했다.

"흠. 안녕하세요. 신인 가수 후입니다."

신인 가수라는 윤후의 소개에 밴디스의 멤버들이 활짝 웃으며 반가워했다. 그에 윤후에게 말을 걸려 하는 모습을 밴디스의 매니저가 가로막고 미정을 보며 말했다.

"안녕하세요. 예전에 봤는데, 기억하시려나? 하하!"

"아, 네. 안녕하세요. 아이들 새로 맡으셨나 봐요?"

"하하! 이번에 데뷔한 아이들입니다. 그런데… DY에서 왜 이렇게 작은 대기실을……."

미정은 앞의 매니저가 어떤 오해를 하고 있는지 알고서 손사래를 쳤다.

"저 회사 옮겼어요. 라온이라고 아세요?"

"라온이요? 그 무식한 놈 있는……."

밴디스의 매니저가 말하는 무식한 놈으로 추정되는 대식이 대기실 문을 열고 들어왔다. 손에 음료와 간식거리를 담은 비닐봉지를 흔들며 인사를 했다.

"여, 오랜만이여. 니 애들이여?"

"네? 네! 안녕하십니까!"

"그려. 인자 일찍 다니나벼? 흐흐."

"네, 네! 인제 안 늦습니다."

"그려야지. 쉬어."

순식간에 분위기를 싸하게 만든 대식이 윤후에게 간식거리를 넘기며 칸막이를 쳤다. 평소 자신에게 말하는 걸로 봐서는 대식이 악당임이 분명해 보였다.

"뭐여? 왜 그렇게 쳐다보능 겨? 뭐, 내가 나쁜 놈 같은 겨?"

"네."

"아, 이 자식이. 아니여. 저 자식이 툭하면 늦어서 그런 거여."

밴디스가 있는 오리 뮤직 역시 라온 엔터와 마찬가지로 인디 밴드와 다수 계약한 회사였다. 크기 역시 비슷했기에 인디 밴드들이 있는 행사나 공연에서 자주 볼 수밖에 없었다. 그리고 자주 늦는 오리 뮤직 때문에 대식이 데리고 온 밴드가 피해를 보는 경우가 많았다. 앞 순서일 때는 공연을 기다려야 해서 시간을 허비했고, 뒤 순서일 때는 늦어서 라온의 밴드가 오래 해야 하는 경우가 많았기에 대식이 폭발하고 만 것이다.

"그렇게 심하게 한 것도 아니여. 차 바꾸에 구녕을 확 낼까 하다가 그냥 늦게 온 시간만큼 쟈네 차 앞에서 누워 있던 거 밖에 없구만."

"……."

윤후는 대식의 등장으로 스스로 움츠러든 밴디스 덕분에 한없이 조용해진 대기실에서 편안하게 휴식을 취할 수 있었다. 이어폰을 꼽고 오늘 발매된 자신의 노래를 듣던 중 이어폰 너머로 다른 음이 섞여 들렸다. 이어폰을 빼자 확실히 기타 소리가 들렸다. 누가 들어도 조용하게 치려고 노력하는 소리였다.

윤후는 의자에 몸을 기댄 채 조용히 연주를 듣기 시작했다. 가사는 들리지 않았지만 발랄한 곡처럼 느껴졌다. 통통 튕기는 듯이 들리는 연주가 꽤 재밌게 들렸다. 멤버 수로 보아 드럼, 건반, 베이스, 기타라는 생각에 악기의 소리를 상상해서 더해보자 생각보다 훨씬 재밌는 곡이었다.

그러던 중 밴디스의 리허설 차례라는 FD의 말이 들리자 신인답게 빠르게 준비를 마치고 나갔다. 대기실에 남게 된 윤후가 대식을 보며 물었다.

"저 팀 인기 많죠?"

"응? 모르겄는디. 저놈 회사에 인기 있는 애들 없을 거여. 왜? 맘에 드나?"

"아니요."

"쟈들한테 신경 끄고 오늘 잘혀야 혀. 이따가 리허설 끝나고 인사 댕겨야 혀는 것도 알쟈?"

대식의 말이 끝남과 동시에 윤후의 리허설 차례가 돌아왔다.

*　　　*　　　*

본 방송을 위해 무대 뒤에서 대기 중인 윤후는 시청률이 제일 낮은 처음 순서에 배정되었다. 그나마 윤후보다 앞의 무대가 하나 있었고, 그들은 윤후와 마찬가지로 신인으로 보이는 걸 그룹이었다. 걸 그룹이 무대를 마치자 옆에 서 있던 FD가 윤후에게 말했다.

"Who 올라갈게요!"

무대 뒤에서 FD의 말이 들리자 대식이 윤후의 등을 두드렸다.

"잘혀. 긴장허지 말고."

"네."

신인인 데다 소속사의 입김도 약했기에 이번 방송에서는 세 곡의 타이틀 중 '눕고 싶어'를 부르게 되었다. 어린 학생들이 방청객으로 오기 때문에 현장 반응을 쉽게 끌어내기에는 그 세 곡 중 '눕고 싶어'가 제일 낫다고 생각한 김 대표의 의견이었다. 여섯 곡 모두 부르면 좋겠지만 솔직히 어느 곡이라도 상관없었다.

그리고 무대에 올라온 윤후는 방청객을 쭉 살펴봤다. 방청객 무리마다 따로 응원하는 가수가 있는지 윤후를 전혀 신경 쓰지 않는 모습이다. 윤후도 그다지 신경 쓰고 있진 않았다. 오히려 방청객보다 무대 밑으로 보이는 수많은 카메라가 더 신경 쓰였다.

MC의 소개가 끝나고 인이어 모니터를 통해 '눕고 싶어'의 MR이 들렸다. 이번 무대에서는 연주를 하지 않지만, 직접 녹음한 기타 소리를 듣자 한결 마음이 편해졌다. 카메라 뒤에서 연신 팔을 흔드는 FD 때문인지 방청객들의 환호 소리가 들리며 윤후의 노래가 시작되었다.

햇살 비추는 창가 밑 침대에 누워 있는 게 제일 좋아

역시나 귀찮은 듯 툭 내뱉는 목소리였지만, 기분이 좋아지는 느낌이었다. 자신들끼리 잡담하던 방청객들도 하나둘 무대에 집중하기 시작했다. 그렇게 하나둘씩 고개를 끄덕거리는 모습에 윤후도 마음이 편해졌고, 노래의 하이라이트라고 할 수 있는 부분이 되었다.

너도 누울래?

어느새 노래에 푹 빠져 있던 방청객들이 시크하게 내뱉는 윤후의 노래에 환호했다. 공연 때처럼 모두가 자신을 보고 있는 것은 아니었지만, 지금의 환호만으로도 충분히 무대를 즐길 수 있었다. 노래를 부르는 윤후의 얼굴에 미소가 가득했다. 많은 사람이 자신의 노래를 들어주는 자신의 꿈에 가까워지는 기분을 느꼈다.

다음 무대 차례인 밴디스는 무대 옆에서 윤후의 모습을 보고 있었다. 흔한 사랑 노래도 아니고 이별 노래도 아니었다. 그렇다고 사회적 풍자를 담은 노래도 아니었다. 처음 듣는 곡이 분명할 텐데 호응해 주는 관객들의 모습에 부러운 생각이 들었다. 그리고 자신들의 음악과 자연스레 비교가 되는 건 어쩔 수 없었다. 비록 회사의 권유이기는 했지만, 인기와 돈을 좇아 스스로 변질되어 버린 자신들의 음악을 돌아보게 만드는 윤후의 노래에 밴디스 멤버 모두가 적지 않은 충격을 받은 듯했다.

윤후의 무대가 끝났음에도 멤버 중 곡을 만든 멤버는 유독 멍한 얼굴로 무대에 올랐다.

"언니, 정신 차려!"

*　　　*　　　*

걱정 반 기대 반의 마음으로 윤후의 데뷔 무대를 봤는데 생각보다 반응이 꽤 괜찮은 것 같아 사무실에는 웃음이 넘쳤다. 서로 간에 수고했다는 말과 축하를 건넬 때 윤후의 다음 무대에 오리 뮤직의 밴디스가 올라왔다. 그때까지만 해도 TV를 보는 사무실 직원들의 얼굴엔 미소가 가득했다.

그러던 중 코러스가 끝나고 2절의 벌스가 들어가야 할 부분에서 노래가 들리지 않고 연주만 들렸다. 카메라에 보컬이 멍 때리는 장면이 잡혔다. 금세 카메라가 다른 멤버로 바뀌긴 했지만 다들 인상을 쓰고 노래를 부르는 모습이었다. 그 뒤 밴디스의 무대가 끝날 때까지 30초 정도였지만 웅성거리는 방청객과 당황한 얼굴로 이 상황을 해결하려는 듯 춤을 추고 있는 MC들이 대신 TV에 비춰지고 있었다.

김 대표는 그때까지만 해도 오리 뮤직의 소속 가수가 실수했다는 것에 통쾌하게 웃고 있었다.

기쁜 마음으로 윤후의 기사를 찾던 중 이상할 정도로 반응이 없었고 기사에 달린 댓글도 적었다. 이유를 찾아보니 실시간 검색어가 밴디스와 방송 사고로 도배되어 있었다.

하루가 지났음에도 사고 부분 장면부터 짧은 동영상까지 인터넷과 SNS는 밴디스의 얘기로 가득했다.

"에라이! 오리 뮤직 놈들은 진짜 도움 안 된다!"

"그러게요. 걔네들 때문에 데뷔 무대가 싹 묻혔어요."

"미친 거 아니야? 오리 애들이 다 그렇지, 뭐! 어떻게 생방 중에 멍 때려, 멍을 때리긴!"

"그래도 불쌍하긴 하네요. 밴드 계약 짧게 했을 거 뻔한데 정지 먹고, 방출되고. 안 봐도 그려지네."

윤후의 데뷔 무대의 이목을 다 빼앗아간 것 같아 못마땅하긴 했지만, 밴디스의 앞날이 뻔히 보였기에 더 이상 말을 꺼내지 않았다.

"회사에 탑급이라도 있어야 어떻게 껴가지고 얼굴 좀 비추고 할 텐데."

"아, 송이한테 업혀가게 할까요?"

"송이가 그 급이나 되냐? 걔도 3개월짜리 신인이야. 어휴!"

"저번에 말씀드린 거 있잖아요. 녹화가 활동 끝내기로 한 다음 날이라 거절했다고. 안 그래도 아침에도 전화 왔었는데."

"아, 재진이 형이 하는 거? 파스텔? 잠깐만. 오, 그럼 내일이겠네?"

"네, 안 그래도 맨날 나오는 사람만 나와서 식상하다고 새로운 얼굴 구한다고 그랬거든요."

음악 전문 쇼 프로그램인 파스텔은 돌아온 싱어의 MC인 박재진이 맡고 있는 지상파의 오래된 음악 프로그램이다. 유

명한 가수들부터 신인은 물론이고 힙합이나 R&B, 그리고 정통 발라드까지 다양한 가수들이 출연하기에 가능하기만 하다면 확실히 도움이 될 것 같았다.

"종락아, 한번 연락해 봐. 아니다. 대식이랑 직접 작가랑 PD 찾아가 봐. 재진이 형한테는 내가 찾아가 볼게."

*　　　　*　　　　*

박재진의 파스텔에 출연하기 위해 대기실에서 한참 준비 중인 윤송은 거울에 비친 윤후를 힐끔거렸다. 윤후는 무표정인 채로 이어폰을 꽂고 눈을 감고 있었다.

"들을 거면 니 노래 듣던지 허지, 맨날 이상한 노래 듣고 앉았냐."

대식이 윤후의 앞에 앉으며 질문이 적힌 대본을 들이밀었다. 윤후는 대본을 훑어보고서 탁자에 내려놓았다.

"왜 안 보는 겨? 너 올라가서도 '네'라고 하면 다 죽는 거여."

"어제 봤어요. 그리고 저한테 질문 하나 있어요."

'가요의 주를 이루는 사랑 노래나 이별 노래가 없는 이유는?'이라는 사전 인터뷰의 내용으로 예의상 하는 질문이었다. 윤후의 미발표곡 중에는 경험은 없지만 인격들의 얘기를 바탕으로 만든 사랑 노래나 이별 노래도 꽤 많았고, 아직 발표를 하지 않았을 뿐이다. 그렇기에 질문이 전혀 고민되지 않았다.

"인마, 그게 끝이 아니여. 니가 그 대답을 혔을 때 거기에 이어지는 질문이 있을 수 있단 말이여. 줘봐. 나랑 한번 혀보게."

대식이 대본을 들고서 윤후에게 질문했다.

"후 씨 노래 중에는 사랑이나 이별 노래가 없는데, 이유라도 있어요?"

"형, 사투리 안 쓰시네요?"

"아, 이 잡것아, 대답이나 혀라. 이유 있능 겨?"

"음, 있는데 이번 미니 앨범에는 수록되지 않았네요."

"잘혔어. 또 잘 대답혀 봐. 그럼 아직 수록되지 않은 곡이 많이 있나 보네요?"

"네."

"아, 이 잡것아!"

대식은 계속 질문을 이어나갔고, 앞에서 무표정으로 대답을 툭툭 내뱉는 모습을 지켜보던 송이와 스타일리스트들이 웃었다.

"아오! 송이 니가 잘 도와줘야 혀. 알쟈? 후가 그지같이 말허면 니가 언능 나서야 혀."

"네!"

"송이 너까지 그러는 겨? 후, 이게 다 너한테 옮은 겨. 보여, 안 보여?"

무덤덤하게 대식을 보며 고개를 끄덕거릴 때 녹화 준비하라는 전달이 왔다. 윤후는 기타를 챙기며 일어섰다. 윤후와 송이에게 할당된 세 곡 중 윤후가 부르는 곡은 한 곡뿐이었다. 그렇지만 윤송이 부르는 두 곡의 기타 연주를 해야 했기에 같이 나섰다.

"잘혀. 다른 거 아무것도 안 봐도 되니까 그 앞에 글씨 나오는 화면만 쳐다보면 되능 겨. 접때처럼 통편집되면 진짜로 죽는 거여. 알아들은 겨?"

무대 뒤에서 대식의 협박 같은 응원을 받으며 FD의 사인을 기다렸다. 잠시 후 박재진의 오프닝을 여는 멘트가 들렸다.

"안녕하세요! 파스텔에 오신 여러분 환영합니다. 저는 박재진입니다. 날씨가 참 덥죠? 밤에도 열대야 때문에 잠 설치시는 분들 많으실 텐데 잠이 안 오는 분들을 위해서 멋진 무대를 준비했습니다. 파스텔의 첫 번째 뮤지션입니다. 어둡고 외로운 밤에 보이는 작은 불빛 같은 가수죠. 아날로그 시대의 감성을 물씬 느낄 수 있는 뮤지션, 윤송의 무대입니다."

윤송과 윤후는 FD의 안내에 따라 무대에 올랐다. 윤후는 옆을 지나쳐 가며 엄지를 올리곤 씨익 웃는 박재진에게 고개를 숙여 짧게 인사를 하고 의자에 앉았다. 무대 가까이에 앉아 있는 커플들부터 맨 뒷좌석까지 꽉 차 있는 관객들의 환호성이 조금 낯설었다. 윤후의 소개는 없었고 윤송의 소개만 있었다. 이 모든 환호가 다 윤송에게 보내는 거라고 생각하니 새삼 아직 중학생처럼 보이는 윤송이 달리 보였다.

멍하니 쳐다보고만 있을 때 윤송이 뒤를 돌아 OK 사인을 보내자 그제야 정신을 차리고서 기타를 연주하기 시작했다.

무대 옆에서 지켜보던 박재진은 노래를 부르는 윤송보다 기타를 연주하는 윤후를 집중적으로 보고 있었다. 이미 자신이 하는 프로에서 들어본 곡이지만 피아노 없이 기타로만 듣기는 처음이다.

그때와는 또 다른 느낌이었고, 지금의 편곡 역시 윤후가 했음이 분명했다. 자신이 편곡을 한다면 어땠을까 생각해 봤지만 윤후처럼 되지는 않았을 것 같은 생각에 고개를 저었다.

한 곡이 끝나고 연이어 윤송의 '비탈길'마저 끝나자 박재진이 박수를 치며 무대로 올라왔다. 박재진은 관객들에게 다시 윤송과 윤후에게 박수를 유도하며 자리로 안내했다.

"혹시나 모르시는 분들을 위해 본인 소개 좀 해주시죠."

"안녕하세요. 윤송입니다. 반갑습니다!"

"안녕하세요. 신인 가수 후입니다."

윤후는 관객들을 향해 인사를 했고, 윤후를 알고 있는 관객들이 같이 온 사람에게 윤후에 대해 설명하는 모습이 곳곳에서 보였다. 아직 데뷔한 지 일주일밖에 지나지 않은 신인이기에 이해할 수 있었다.

옆에서 모든 것을 지켜보던 박재진이 웃으면서 입을 열었다.

"누군지 잘 모르실 거예요. 이 친구가 정식으로 데뷔한 지 얼마 안 됐거든요. 얼마나 됐죠?"

"일주일이요."

"들으셨죠? 하하! 그런데 정말 대단한 친구죠. 제가 듣기로는 앨범에 있는 모든 곡을 작사, 작곡, 편곡까지 다 하고 프로듀싱에도 참여했으며, 지금 들은 두 곡도 모두 편곡했다고 들었거든요. 맞나요?"

"네. 음……."

할 말이 생각이 나지 않아 고민할 때 박재진이 웃으면서 관객들에게 말했다.

"귀엽죠? 신인 티 팍팍 내면서. 20년 전에 딱 제가 저랬거든요. 하하!"

윤후는 대본에서 본 적 없는 진행에 약간 당황했지만, 윤후보다 더 당황한 작가들이 프롬프터에 미친 듯이 글을 올리기 시작했다.

윤송 먼저!

프롬프터를 본 박재진이 미소를 짓고는 윤송에게 대본에 있는 몇 가지 질문을 건넸다. 인터뷰로 주어진 시간이 거의 끝나갈 때가 되었기에 다음 무대에서 윤후만 노래를 부르면 끝이었다.

인터뷰보다는 노래를 부르는 것이 낫다는 생각에 긴장이 풀어지려 할 때, 박재진이 또다시 대본에 없는 질문을 했다.

"후 씨가 편곡한 걸 들으면 절로 감탄이 나오더라고요. 혹시 요새 다른 곡을 바꾼 곡이 있나요? 여러분, 어때요? 들어보고 싶죠?"

갑작스러운 박재진의 진행에 윤후는 살짝 당황했다. 하지만 환호를 보내는 관객들과 '짧게, 빨리'라는 글이 쓰인 프롬프터를 가리키는 작가가 보였기에 안 할 수는 없을 것 같았다. 어떤 곡을 할까 고민하다 마침 얼마 전에 들은 곡이 떠올랐다.

같은 대기실을 쓴 밴디스의 기타 연주를 들은 윤후는 궁금한 마음에 밴디스의 노래를 찾아 들었다. 기타와 전혀 어울리지 않는 촌스러운 신시사이저 소리와 멜로디를 잡아먹는 드럼의 리듬에 화가 날 정도였다. 차라리 대기실에서 들을 때처럼 기타 하나로 담백하게 하는 편이 훨씬 좋았다.

"그럼 해볼게요. 밴디스의 '부끄' 해볼게요."

자신의 기타 'Sixth Sense'를 안고 바디를 두드려 리듬을 맞추는 것으로 시작을 알렸다. 원곡에서도 기타 소리로 시작하지만, 밴디스의 노래를 잘 모르는 관객들은 조용히 지켜보고 있었다. 그리고 윤후는 원곡에서 재미없다고 생각한 부분을 과감하게 건너뛰고 바로 코러스 부분을 연주했다.

들키고 싶지 않아, 너를 좋아하는 내 맘
부끄! 부끄! 부끄러운 이 맘, 설레는 이 공기

부끄러운 가사가 마치 멜로디 위에서 통통 튕기는 듯했다. 원곡 자체를 못 들어본 관객들도 있었지만, 원곡이 이렇지는 않을 것 같다는 생각이 들었다. 박재진은 방송임을 잊을 정도로 충격을 받았다. 원곡을 들어봤을 때는 딱 행사용으로 쓰고 버리는 쓰레기 곡처럼 느꼈는데, 지금 윤후가 연주하는 곡은 너무나 재미있었다. 과하지도 않고 부족하지도 않았다. 그래서 윤후의 얼굴을 신기한 듯 쳐다보다 말고 자신도 모르게 웃고 말았다.

"하하하하! 아, 죄송합니다. 이렇게 좋은 노래를 저렇게 멍하니 부르니까 너무나도 색달라서 저도 모르게 웃어버렸네요. 멍한 얼굴로 부끄! 하는데."

윤후의 표정을 따라 하려는 박재진 탓에 관객들과 옆에 있던 윤송까지 웃어버렸다. 박재진은 연신 웃으며 객석을 진정시키곤 말했다.

"대단하죠? 전 진짜 놀랐거든요. 솔직히 저도 저 정도로는 못 바꿀 거 같아요. 그런데 여러분, 이렇게 대단한 친구가 누구의 팬이라고 하던데, 누구죠?"

누구의 팬이었나를 생각해 봐도 다양한 장르의 음악을 들었을 뿐이지 콕 집어서 팬이라고 할 정도의 가수는 없었다. 고민을 하던 중 반짝이는 눈빛으로 쳐다보는 박재진과 마주쳤다. 그제야 다른 방송할 때의 대화가 떠오른 윤후가 입을 열었다.

"유즈 팬입니다. 유즈 1집 1998년 발매……."

"그만, 그만. 하하! 역시 유즈 좋아하는 사람치고 음악 못하는 사람 못 본 거 같네요. 하하하!"

김 대표 때문에 강제 팬이 되었지만, 그 효과를 톡톡히 봤기에 또다시 앨범 순서를 나열했다. 연신 웃는 박재진은 그만 끊으라는 PD의 동작을 보고 웃으며 윤후에게 다음 무대를 준비하라고 말했다.

"다음 무대는 Who의 무대인데요, 개인적으로는 다른 곡이 듣고 싶지만 이번 곡도 상당히 좋은 곡이에요. 다 함께 들어보시죠."

박재진이 윙크를 하며 손을 흔들고 내려가자 전체 조명이 꺼지고 발밑에 있는 조명만이 윤후를 비췄다. 박재진의 정신없는 진행 덕분에 어느새 긴장감은 다 사라진 윤후는 시작하라는 사인에 맞춰 바로 기타를 두드렸다.

대화를 나눈 뒤라서 그런지 관객들의 호응이 더욱 좋았다.

지금까지 무대 경험이 몇 번 안 되었지만, 지금 무대가 그중 제일 좋게 느껴졌다. 윤후의 노래를 듣는 관객들은 미소를 머금은 채 고개를 좌우로 흔들며 노래를 즐겼다. 윤후도 객석 전체가 좌우로 흔드는 모습에 미소를 지은 채 노래를 불렀다.

너도 누울래?

연기 수업에서 배운 대로 아무나 한 명을 지목하고 자신의 옆을 엄지로 가리키며 불렀을 뿐이다. 그런데 반응이 상당히 좋았다. 커플끼리 온 관객이 많았는데 그 커플 대다수가 그 부분에서만큼은 웃는 얼굴로 함께 온 애인의 팔을 꼭 안거나 두드렸다. 그중 제일 앞에 있던 메인 작가는 얼굴이 붉어진 채 무대를 쳐다봤다.

노래가 끝나고 대기실로 향하는 윤후는 관객들과의 소통도 중요하다는 것을 느끼며 터벅터벅 걸어갔다. 걷다 말고 함께 내려온 윤송이 보이지 않아 뒤를 돌아보니 휴대폰을 들고 자신을 쳐다보는 윤송이 보였다.

"음?"

"아, 후 님 공연하는 거 찍었는데 한번 보실래요?"

윤송이 내민 휴대폰에는 활짝 웃고 있는 자신의 모습이 담겨 있었다. 사진을 잘 찍어서인지 연기 연습할 때 거울로 보던 자신의 모습과 전혀 달라 보였다. 스스로 봐도 잘 나온 모습이었지만 한쪽으로 치우친 구도가 마음에 안 든 윤후는 직접 셀카를 찍어서 확인한 뒤 만족스러워하며 휴대폰을 돌려주었다.

윤송은 그런 윤후의 뒷모습을 보며 씩 웃고는 휴대폰을 만지작거렸다.

* * *

신문사에서 휴대폰을 꺼내 보는 이주희의 얼굴엔 미소가 가득했다. 기사를 작성할 때도 이렇게 열성적으로 일한 적이 없는 것 같았다. '오늘 파스텔에서 후 님 무대. 비밀 엄수'라는 글을 클릭해서 들어갔다. 아직 몇 명 안 되는 팬클럽 회원 중에 제일 활동이 활발한 '후애'라는 사람이 남긴 글이었다.

—오늘 후 님 무대 쩔었다는. 한 곡뿐이라서 아쉬웠음. 그래도 손가락으로 찍을 때 쓰러질 뻔했다는! 하마터면 옆에 누울 뻔. 마지막 사진은 후 님이 직접 찍은 셀카. 대박!

아직 방송 전이라 예고편이 나오기 전까지는 비밀 엄수라는 말과 함께 윤후의 사진 수십 장이 올라와 있었다.

"이 사람은 뭐 하는 사람이지? 기자는 아닌 거 같은데. 소속사 관계자인가?"

한 장 한 장 저장한 사진을 살펴보던 이주희는 옆에 누가 왔는지도 모른 채 빠져 있었다.

"뭐 하냐?"

"아, 아니에요."

"요즘 툭하면 멍 때리더라? 기획서는 다 쓰고 그러냐?"

"아, 써야죠. 선배님은요? 다 썼어요?"

"나이 먹으니 생각이 잘 안 나네. 무슨 인터넷 뉴스에서 취재를 한다고. 인터뷰도 잘 안 해줄 텐데. 부장님한테 나까지 안 까이게 잘 써. 우리 팀 중에 하나는 뽑혀야 되니까. 그럼 수고해라."

신문사 선배와의 대화 중에 좋은 생각이 떠오른 듯 이주희는 급하게 컴퓨터를 켜고 문서를 작성하기 시작했다.

〈연예계 갓 데뷔한 신인의 고충 파악을 위한 밀착 취재〉

"기다려요, 후 님! 히히."

Chapter 7

남의 노래

음원 사이트의 순위를 보는 김 대표의 얼굴에 근심이 가득했다.

윤후의 음원 성적이 생각보다 좋지 않았다. 하지만 신기하게도 방송 활동 중인 '눕고 싶어'를 필두로 앨범 전체 곡이 30위에서 50위권 안에 들어 있었다.

신인에다가 아직 데뷔 2주 차인 윤후의 성적치고는 굉장히 훌륭했지만 김 대표가 들어본 윤후의 음악은 30위에서 놀고 있을 음악이 아니었다.

"뭘까? 도무지 이해가 안 돼. 분명히 신인이라고 들어보지도 않은 사람이 있을 거야."

"아직 팬이 없으니까 그런 거잖아요. 이상하게 윤후 앨범만 조급해하시네."

"맞아요. 홍보도 열심히 하고 있고 활동도 잘하고 있잖아요."

김 대표는 만약에 대형 기획사라면 어땠을까 하는 생각이 머릿속을 떠나지 않았다. 갓 데뷔한 신인치고는 굉장한 성적임에도 불구하고 만족스럽지 못한 성적이 다 자신의 탓만 같았다. 그래서 더 조바심이 생겼는지도 모른다.

"알았어. 좀 더 신경 쓰자. 종락이는 팬카페 회원 수 확인 잘하고 만 명만 넘어도 공식 팬카페로 지정해 줘."

"……"

"뭐 하는데 대답도 안 해? 알았냐고?"

"네? 아, 네. 대표님, 이것 좀 보세요. 팬카페에 어떤 사람이 올린 건데요, 이거 확인해 보고 있었어요."

김 대표는 종락의 자리까지 비집고 들어가 모니터를 봤다. 팬카페까지 직접 만들고 회원 관리까지 하는 '눅후'라는 사람이 적어놓은 글이었다. 윤후의 곡을 파헤치듯 조사해 놓은 장문의 글이었다.

"…이 사람, 뭐야? 평론가야?"

"좀 자세히 읽어보세요."

김 대표는 글을 읽다 말고 천천히 고개를 돌려 종락을 쳐다봤다.

"이게 진짜야?"

"네. 제가 직접 확인했어요. 20대 여성이 가장 많이 듣는 노래 1위가 '눕고 싶어', 반대로 남자 쪽에는 14위고요. 대신 20대 남자에서는 'Feel my heart'가 3위고요. 30대도 '감사'랑 '조각'이랑 나눠 먹고 있고요. 4, 50대만 '너라서 좋았어'가 4등이에요."

"왜?"

"네?"

"아, 아니야. 여섯 곡이 인기를 나눠 먹고 있어서 순위가 안 오르는 거였어? 헐, 미치겠다. 하하하!"

김 대표 자신만 하더라도 '눕고 싶어'보다는 '감사'를 더 좋아했지만, 이런 말도 안 되는 이유는 전혀 생각해 보지도 못했다. 그래도 대중의 반응은 확실히 있다는 것을 깨닫자 앞으로 어떻게 인기를 올릴지가 고민되었다.

"종락아, 넌 근데 저 팬보다 못한 거 같다? 저 사람 스카우트해 봐. 일 잘할 거 같다."

"사람이 적잖아요! 나 혼자 팀장하고 팀원 하는데."

"그러니까 저 사람 스카우트해서 일하라고. 데려오면 1층에 너희 팀 전용 사무실 만들어줄게. 하하! 그리고 송이랑 윤후,

파스텔 방송 언제야?"

"내일이에요. 대식이가 녹화 끝내줬다고 그랬으니까 걱정 안 하셔도 돼요."

김 대표는 미니 앨범의 여섯 곡 중 한 곡도 버리기 싫은 마음에 계속해서 고민하기 시작했다. 예능은 들어가기도 쉽지 않거니와 윤후의 성격상 보나마나 통편집이었고, 음악 프로만 하자니 부족한 느낌이 들었다. 책상에 앉아 열심히 생각하다 말고 얼마 전 인터넷 뉴스 '나이스데이'에서 온 기획안이 보였다.

*　　　*　　　*

어두운 방 안에서 방바닥에 널브러져 지낸 지가 얼마나 지났는지도 모른다.

잠이 오면 자고, 배고프면 먹고, 항상 같은 채널이 나오고 있는 TV를 보며 씻지도 않고 방바닥에 붙어 있었다.

여성 밴드 팀 밴디스의 보컬인 채우리는 방송 사고가 있던 날부터 지금까지 폐인 같은 생활을 해왔다.

계약 기간이 조금 남아 있었지만 회사에서는 일방적으로 계약 해지를 통보해 왔다. 방송 사고가 아니더라도 언젠가는 일어날 일이었지만 자신 때문에 멤버들에게 피해를 주었다는 생각이 가득했다.

딩동.

벨 소리가 울렸지만 혼자 사는 집에 올 사람도 없거니와 누구도 만나고 싶지 않았다. 이불을 뒤집어쓰고 TV 소리를 줄였다. 하지만 문 앞의 사람은 포기하지 않고 계속 벨을 눌러댔다.

"채우리! 언니! 안에 있잖아! 열어줘! 피자 다 식겠다!"

"아무거나 눌러보자. 비켜봐. 비번이 뭘까?"

밖에서 크게 들리는 말소리에 채우리는 후다닥 일어나 현관문을 열었다. 그날 이후로 오랜만에 보는 밴디스의 멤버들이었다.

"누가 보면 어쩌려고 그렇게 소리 질러?"

"있으면서 문을 왜 안 열어? 그리고 보긴 누가 보냐? 우리 지하철 타고 왔는데 아무도 못 알아봤어."

"언니는 왜 잠수 타? 내가 진짜 이 언니 때문에 살 수가 없어요. 어우, 이게 뭐야? 우리 오빠 방 냄새 난다."

방으로 들어오며 불을 켜고 폭풍 잔소리를 쏘아붙이는 멤버들을 현관문 앞에서 멍하니 바라봤다.

"우리 언니, 뭐 해? 들어와. 편하게 아무 데나 앉아."

자신의 집인 양 장난치는 막내 보희의 말에 채우리는 포기하고 피식 웃으며 따라 들어갔다. 그리고 코를 막고 손가락으로 이불을 들어 올리는 보희 때문에 방바닥에 널브러져 있는 이불을 치우고 멤버들의 얼굴을 쳐다봤다.

"무슨 일이야?"

"무슨 일은, 네가 전화 안 받고 잠수 타니까 걱정돼서 왔지. 일단 피자 먹으면서 얘기해. 배고파 죽겠어."

피자를 먹으면서도 별다른 얘기를 하지 않았다. 자신을 보며 쉬니까 좋다는 얘기를 웃으며 꺼내는 멤버들이 어떤 마음인지 충분히 느낄 수 있었다.

"7년 계약했으면 어떡할 뻔했냐. 으으! 생각만 해도 소름 돋아. 우리 언니 아니었으면 개똥 같은 노래 부르고 있어야 했을 텐데."

"맞아. 진짜 다행이지. 진짜 가수는 노래 제목 따라간다고 부끄러워서 죽을 뻔했잖아."

채우리는 자신 때문에 피해를 본 당사자들이 오히려 자신을 이해하고 위로해 주는 것에 머쓱해져 TV로 시선을 돌렸다. 멤버들도 같이 TV로 눈을 돌린 순간 보희의 입이 열렸다.

"윤송이네. 우리랑 같이 데뷔했는데… 어? 저 사람, 후 아니야?"

"그러네. 왜 저기서 기타 치고 있는 거야?"

말 한마디 없이 피자를 먹던 밴드의 마지막 멤버이자 드럼을 맡고 있는 하늘이 손가락으로 TV 속의 송이를 가리켰다.

"송이랑 같은 회사일걸? 송이가 업어주나 보네."

"아! 너 송이랑 같은 학교지?"

"응. 같은 과에다 활동도 비슷하게 해서 친해. 나온다고는 들었는데 오늘인 줄은 몰랐네."

"그럼 우리도 좀 업어달라… 앗! 아니야! 취소!"

채우리를 힐끔대며 멤버들은 보희에게 눈치를 주고 있었지만, TV를 보는 멤버들의 눈빛에는 부러움이 담겨 있었다. 송이의 노래가 끝나고 토크가 시작되었는데, 어쩐 일인지 윤후가 옆에 떡하니 앉아 있었다.

"제대로 업어주나 보네. 쟤도 아직 약한데 다리 부러지겠다."

밴디스의 생각과 달리 토크는 의아하게도 윤후의 중심으로 이루어졌다.

별로 웃기지도 않는데 굉장히 웃긴다는 반응을 보이는 박재진은 꼭 돈이라도 받은 것처럼 보였다.

"저 사람 띄워주기 하나?"

"하긴… 뜨기 전에 밑밥 까는 걸 수도 있지."

토크를 이어가던 중 박재진이 윤후에게 노래를 부탁하는 장면이 나왔다. 채우리는 고개를 끄덕거리는 윤후를 보며 기대감에 TV에 시선을 고정했다.

—밴디스의 '부끄' 해볼게요.

윤후의 말이 들리자 멤버들 역시 깜짝 놀란 얼굴로 TV를 봤다.

"…쟤, 뭐래니? 우리 노래 한다는 거야?"

"조용히 해봐."

TV에 자신들의 노래 '부끄'의 코러스를 부르는 윤후의 모습이 잡혔다. 분명히 지금 들리는 곡은 자신들의 곡임에도 불구하고 처음 듣는 노래처럼 신선하게 들렸다. 잡스러운 소리는 다 빼버린 담백한 소리였지만 정말 소녀가 부끄러워하는 것처럼 들렸다.

"와, 노래 진짜 잘한다. 그치?"

"좋다. 근데 우리가 처음 들었던 그 느낌이랑 비슷하지?"

"느낌은 비슷해도 멜로디가 조금 다른데?"

TV를 보던 채우리는 아무 말도 할 수 없었다.

자신이 만들고 싶고 부르고 싶던 곡의 완성형인 것처럼 들리는 윤후의 노래에 온몸에 소름이 돋았다. 좀 더 듣고 싶었지만 박재진이 웃는 바람에 연주가 끝이 났다.

하지만 채우리의 귓속에는 무한으로 재생되는 것처럼 조금 전의 연주가 맴돌았다.

"어떻게 저렇게 무표정으로 노래하는데 감정이 담기지?"

"흐흐, 쟤 때문에 우리 막 역주행하고 그러는 거 아니야? 그러면 어떡하지? 우리 회사 없잖아."

"무슨… 말도 안 되는 꿈을 꿔? 그건 아니지. 저 노래가 나오면 몰라도 원곡으로는 무리 아닐까?"

"하긴 석 달 동안 하루도 못 쉬고 했는데도… 에잇!"

멤버들은 대화를 하며 TV를 봤고, 윤후가 '눕고 싶어'의 전주를 연주하는 모습이 보였다. 자신들의 노래를 부를 때는 보이지 않던 미소를 머금은 채 노래를 부르는 모습에 멤버들은 혀를 찼다.

"쟤 봐. 끼 부리는 거. 우리 노래는 똥 씹은 얼굴로 부르더니……."

"그러게. 근데 웃는 거 너무 예쁘다. 쟤 몇 살이라고 그랬지?"

"몰라. 언니도 쟤 좀 이상하지?"

채우리가 듣지도 못하고 TV에 정신이 빠져 있는 모습에 보희가 얼굴을 들이밀었다.

"언니, 응? 왜 얼굴이 빨개? 설마 쟤 보고 그런 거야?"

"으, 응? 아니거든! 늦었는데 너희들 안 가?"

멤버들은 그런 채우리의 모습이 귀여운지 음흉한 미소를 짓더니 곧장 달려들어 어디가 좋은지 꼬치꼬치 캐물으며 놀려댔다.

*　　　*　　　*

윤후의 집 앞에서 기다리는 쌍둥이는 윤후가 나오는 모습을 보더니 서로를 바라보며 고개를 끄덕였다. 윤후는 차에 올라탔는데 오늘 따라 이상한 분위기에 차 안을 살펴보다가 인사를 건넸다.

"안녕하세요."

어째서인지 대답을 하지 않고 부담스럽게 쳐다보기만 했다. 다시 한번 차 안을 둘러봤지만 변한 것도 없었다.

그렇다고 자신이 잘못한 것도 없을뿐더러 그럴 시간조차 없이 바빴다.

"음, 왜 그러세요?"

그제야 쌍둥이가 차 안에 있는 메모지에 끄적거린 종이를 내밀었다. 윤후는 '맞혀봐'라는 메모를 보더니 이내 두 사람을 가리키며 말했다.

"두식이 형, 대식이 형."

"어떻게 알았능 겨?"

"대식이 형, 두식이 형."

"봤쟈? 쟈 목소리로 구분혀. 맞았으니께 니가 오늘 운전혀."

"대식이랑 나랑 목소리가 다릉겨? 참말로 신기허네."

쌍둥이는 서로 자리를 바꾸고서 윤후를 향해 고개를 돌리며 말했다.

"오늘 스케줄 하나인 거 알쟈? 그 뭐시기냐, 리알리티하게 하는 인터뷰여."

"네, 들었어요."

"그랴. 기자 하나 붙을 꺼여. 긍께 잡소리는 하지 말어. 일단 미용실 들러 기자 태우고 가야 하니께 회사 들렀다가 녹음실로 가자."

윤후는 차를 타고 이동하며 어젯밤 방송의 반응을 살피려 휴대폰을 꺼내 들었다.

포털 사이트의 파스텔 부분 동영상을 찾아 들어가니 열댓 개 정도의 동영상이 있고, 그중 제일 조회 수가 높은 동영상이 큼지막하게 메인에 보였다.

박재진이 듣고 웃음 터진 '부끄'

웃긴 동영상 정도 될 법한 제목에 기분이 그다지 좋지는 않았다. 동영상을 클릭해서 들어가니 밴디스의 '부끄'를 연주하는 모습이다. 이미 방송으로 봤지만, 제목만 뺀다면 아무 문제가 없어 보였다. 그리고 댓글을 하나하나 확인하던 윤후는 동의한다는 듯 고개를 끄덕거렸다.

—원곡이 얼마나 쓰레기인지 들어본 사람은 지금 곡이 얼마나 대단한지 알 듯.

—풀 버전 듣고 싶다.

—방청할 때 봤는데 저게 풀 버전임.

—저 사람, 로봇 같음. ㅋㅋㅋㅋ

댓글에 만족한 윤후는 나머지 자신이 부른 영상만 확인하고 휴대폰을 집어넣었다.

* * *

녹음실로 이동 중인 윤후는 옆 좌석에 촬영 차 앉아 있는 이주희 기자가 상당히 부담스러웠다. 간단히 인사를 건네고 차에 올라타자 곧바로 촬영을 시작했다. 그러면서 히죽히죽 웃는 모습에 편히 있을 수도 없었다. 마침 앞에 있던 대식이 이주희에게 물었다.

“오늘 하루 종일 찍는다면서유. 차에서는 좀 쉬셔유.”

“괜찮아요.”

“쟈가 말이 별로 없어서 차에서 나올 장면도 없을 거구만유. 쓸 장면도 없을 거여유.”

"지금 충분히 재밌어요!"

아무 말도 하지 않고 있었는데 재밌다는 말이 더 부담스럽게 느껴졌다. 단순한 인터뷰인 줄로만 알았는데 하루 종일 동영상 촬영을 한다는 말을 들었다. 설마 하루 종일 촬영을 할까 하는 생각을 했지만, 지금만 놓고 보면 화장실도 따라올 것 같았다.

어색한 침묵 속에 어느덧 녹음실에 도착하자, 그나마 숨이 좀 트이는 기분이다.

"안녕하세요?"

"왔어? 오랜만이네. 너희들은 뭐 하러 왔어? 좁은데. 근데… 뭐 촬영해?"

이강유는 쌍둥이 매니저의 뒤에서 카메라를 들고 따라 들어오는 기자를 보고 윤후에게 조용하게 물었다. 이에 윤후가 고개를 끄덕이자 강유는 인상을 쓰며 고개를 저었다.

"기상이랑 같이 있더니 막무가내로 촬영하러 오고 그러냐?"

"어? 대표님이 전화 안 했어유? 형님네 녹음실로 가라고 혀서 왔는디."

"후아! 됐다. 무슨 촬영인데?"

대식과 두식이의 간략한 설명으로 지금 촬영이 무슨 촬영인지 알게 된 강유는 인터넷 신문사에서 촬영한다는 것에 조금 놀라워하긴 했지만, 워낙 다양한 매체들이 있기에 수긍했다. 그러고는 자연스럽게 서 있는 사람들을 소파로 안내하고 윤후를 보며 말했다.

"어제 방송도 잘 봤어. 좀 웃지 그랬냐. 재진이 형이 네 얼굴 보는 거 클로즈업됐을 때 딱 웃을 거 같더라. 하하!"

"음, 형이 봐도 이상했어요?"

"아니다. 차라리 그 요상하게 억지로 웃었으면 방송에도 못 나갈 뻔했어."

"흠. 억지로 웃는 건 연습해도 잘 안 돼요. 노래는 어땠어요?"

"좋았지. 이제는 진짜 가수 같더라. 벌써부터 무대에서 여유도 보이는 것 같고."

이주희는 잠깐 동안 동행했을 뿐이지만, 윤후가 참 말이 없다고 생각했다. 다른 연예인들은 알아서 카메라를 보고 잘 나오게끔 웃기도 하고 유난도 떨고 하지만, 윤후는 전혀 그런 것이 없었다. 요즈음의 아이돌과는 다르게 말 한마디 없이 그냥 귀찮다는 듯 카메라를 힐끔거리는 모습이 신선하고 재밌었다.

"오해 말아유. 우리 후가 저렇게 말 길게 하는 사람은 강유 형님뿐이여유. 심지어는 대표님하고도 말 안 혀유."

"아! 멘토 이런 건가 봐요?"

"그런 건 잘 모르겠구유, 요상하게 강유 형님 앞에서만 저래유."

이주희는 윤후가 이강유에게서 배성철의 느낌을 받는다는 것을 알 리가 없기에 단지 낯을 많이 가린다고 생각했다. 그런 오해 때문인지 자주 부딪치고 만나다 보면 조금 더 윤후에 대해 잘 알 수 있을 것이란 기대감을 가지며 둘의 대화를 지켜봤다.

"기상이 삐쳤지?"

"왜요?"

"너 어제 다른 회사 애들 노래 불렀다고 안 삐쳤어? 삐쳤을 텐데."

"오늘 못 봐서 모르겠어요. 저번에 녹화 내용도 대식이 형이 보고했을 텐데, 설마요."

"크크, 다음에는 웬만하면 라온 애들 노래로 불러. 그래도 어제 그 곡 좋던데, 전체 다 바꾼 거야?"

"네, 벌스 부분은 원곡이 생각보다 괜찮아요. 그래서 대부분 살리고 코러스만 확 바꾼 거예요. 들어보실래요?"

"그래, 오랜만에 녹음해 볼까? 너 준비도 필요 없잖아? 하하!"

윤후는 고개를 끄덕이며 기타를 꺼냈다. 이주희는 기타를 들고 부스로 들어가는 윤후를 보며 한껏 기대감이 부풀어 올랐다.

*　　　*　　　*

신문사로 돌아온 이주희는 지금 그 어느 때보다 혼신의 힘을 다하고 있었다. 취재를 마치고 돌아와 늦은 시간임에도 불구하고 필요한 장면을 추스르기 위해 직접 편집을 했다.

하지만 영상의 양이 너무 많았고 차마 버릴 수가 없었다. 일단 적당하게 자르고 잘라 각 영상마다 제목을 입히고 저장하는 일이 반복되었지만, 정작 기사에 쓸 영상은 윤후가 노래를 부르는 장면을 제외하고는 입을 다물고 있는 모습이었다.

"아, 내가 십 년만 어렸어도… 우리 후 님!"

요즘 말로 덕질을 하느라 퇴근을 안 한 이주희는 기사를 편집부에 넘기고 다시 돌아와 자리를 잡았다.

늦은 밤이지만 커피를 뽑아왔고, 커피를 마시며 전투를 앞둔 군인 같은 눈빛으로 모니터를 쳐다봤다.

"이거 올리면 후애 님이랑 Cus 님 기절하겠지? 일단 Y튜브 내 채널에 올리고 링크해야겠네."

후애라는 사람이 올리는 사진이 내심 부럽던 이주희는 영상을 하나씩 올리고 팬카페에 글을 적기 시작했다.

—우리 후 님, 순댓국 먹는 영상. 깍두기 베어 먹는 소리도 어쩜 그리 아름답던지.

영상을 연달아 올리고 커피를 마저 마시며 댓글을 기다렸다.

*　　　　*　　　　*

밴디스가 소속되어 있던 오리 엔터테인먼트의 분위기는 라온 엔터와는 달리 삭막한 분위기였다.

대형 기획사처럼 A&R 팀까지 따로 있는 모습이었고, 그 안에는 모든 팀원이 대표 이성원의 뒤에 서 있었다. 팀장과 팀원 모두가 긴장한 모습으로 숨죽인 채 이성원이 보는 동영상이 끝나길 기다렸다.

"그러니까 이거 때문에 덩달아 올랐다고요?"

"네. 그거 때문인지 확실치는 않지만 음원 사이트에서 30위권 안에 진입했습니다."

"확실치 않아? 그럼 다른 이유라도 있나요? 있으면 말해 봐요."

"인기란 것이 운도 작용하고 때도 맞아야 하……."

"지랄하네. 저번에 밴디스, 더 이상 회생 불가라고 평가한 새끼가 누구죠?"

커버 영상이 넘쳐나는 Y튜브에 신인 발굴이라는 명목하에

영상을 찾아보던 중 이주희가 올린 영상을 보게 되었다. 자신의 라이벌 회사이자 앙숙인 라온 소속의 신인 가수 후가 부른 노래였다. 파스텔에서 잠깐 부른 것은 확인했지만 녹음실에서 풀 버전으로 보는 것은 처음이었고, 듣는 순간 이건 대박일 것 같다는 예감이 머릿속에 스치듯 지나갔다. 마침 신인 데뷔 문제 때문에 볼일이 있어 들른 이 대표가 알아버린 것이 화근이었다.

이 대표는 긴장한 채 서 있는 A&R 팀원들을 향해 굳은 얼굴로 조용하게 말했다.

"그래서 애들한테 연락은 해봤어요?"

"네. 그, 그런데……."

"똑바로 말하세요, 똑바로!"

이성원은 존댓말로 대하고 있었지만, 평소 친근하게 반말로 대하다가 무슨 일만 생기면 존댓말을 하는 것을 무던히 봐온 팀원들은 죽을 맛이었다.

"해봤는데 워낙 마무리가 좋지 않아서……."

"어떤 새끼… 하아, 어떤 분이 맡았죠?"

"저, 접니다. 죄송합니다."

"너였군요. 그럼 지금 우리 회사에서 밴디스보다 성적 좋은 애들 있는지 말해줄래요?"

"없습니다."

“그럼 어떻게 해야 할까요? 지금 너처럼 한가하게 여기 서 있어야 할까요, 아님 애들 집에 찾아가든지 해야 할까요?”

팀원들은 이성원의 말이 끝나기가 무섭게 사무실을 빠져나갔다. 혼자 남은 팀장만이 이성원의 뒤에서 어쩔 줄 몰라 하고 있고, 이성원은 다시 영상을 틀며 팀장을 쳐다봤다.

“이거 영상 빨리 내리라고 하세요. 그리고 이 사람한테 조용하게 곡 허락 받아서 어쿠스틱 버전으로 새로 녹음하고요.”

“네. 그런데… 대표님, 그 곡이 채우리가 쓴 거라서 저희한테 아무 권한이 없는데 괜찮을까요? 그리고 다시 녹음한다 해도… 이미 죽은 곡을 하기도 뭐하고… 이미 저 동영상 본 사람도 꽤 됩니다.”

“다시 계약할 거잖아요. 일단 내리라고 해요. 저작권 침해를 걸든 뭘 걸든 해서 앞으로 어디서 저 노래 못 부르게 하고요. 곡이 아쉬워서 편곡하던 중에 가이드곡이 유출되었다는 식으로 얼버무릴 수 있잖아요. 안 그런가요?”

이성원은 몇 번이나 반복해서 윤후가 부른 ‘부끄’를 듣고 나서야 A&R 팀 사무실에서 나갔다.

“당장 내려요.”

*　　　*　　　*

이주희는 전화를 끊고서 팩스로 온 종이 한 장을 보며 얼굴을 찌푸렸다. 인터뷰의 메인 동영상인 '부끄'의 풀 버전 동영상을 저작권 침해했다고 당장 내려달라는 글이었다. 기사였던 만큼 분명히 상업성이 있었기 때문에 이주희로서는 어쩔 수 없는 선택이었지만, 아쉬운 것은 어쩔 수 없었다.

"다시 재계약한다면서 그럼 자기네 노래도 홍보해 주고 좋은 거 아니야? 도대체 뭐가 문제야?"

아쉬움을 뒤로하고 어쩔 수 없이 동영상을 내리고 팬카페에 들어갔다. 그리고 팬카페에 링크해 놓은 글마저 지우고 의자에 몸을 기대고 한숨을 뱉으며 힐링하기 위해 인터뷰한 동영상을 클릭했다.

"푸흡, 이게 뭐야? 하긴 그럴 만하지."

'나만 알고 싶은 가수 후의 일상'이라는 제목이었고, 그 밑으로 달린 댓글들을 보던 이주희는 소리 내서 웃었다. 매니저에게 얘기를 듣기 전까지는 말도 없고 무표정으로 있는 모습이 평소 성격인 줄 모를 것이다. 자신도 그렇게 느꼈으니까.

"크흐흐, 엄청 오해네. 내가 봤을 땐 갑이 후 같았는데."

*　　　*　　　*

김 대표는 상기된 얼굴로 윤후를 찾기 위해 회사 내부 이곳저곳을 돌아다녔다.

전화를 해도 받지 않는 통에 대식에게 전화를 하려고 할 때 마침 대식이 올라오는 모습이 보였다.

"야, 윤후 어딨어? 회사에 들어왔으면 사무실부터 올라와야지."

"후요? 지하 연습실에 있을 거여유."

"거긴 왜 갔어?"

"몰라유. 데려올까유?"

"아니야. 내가 내려가 볼게."

김 대표는 대식을 뒤로하고 급하게 지하 연습실로 내려갔다. 닫힌 문을 열자 한참 연습 중인 연습생 세 명이 보였고, 의자에 앉아 연습생을 구경하는 윤후의 모습이 보였다.

"후야."

"안녕하세요, 대표님!"

자신을 보자 무척이나 반갑다는 듯 인사를 하는 세 연습생이다. 갑자기 왜 이러나 싶을 정도로 반가워하는 모습을 보며 피식 웃고는 윤후에게 다가갔다.

"후야, 여기서 뭐 했어? 전화는 왜 안 받고."

그제야 전화를 꺼내 확인하는 윤후를 보며 헛웃음이 나왔다. 볼 거라고는 없는 지하 연습실에서 무엇을 하고 있는지는 모르지만, 언제 봐도 참 특이한 녀석이었다.

"찾으셨어요?"

"어. 그게 며칠 전에 찍은 인터뷰 있잖아? 나이스데이에서 촬영한 인터뷰."

"네."

"그거 때문에 오해가 생겨서 그런데… 우리끼리 찍어보려 하거든. 어떻게 생각해?"

무슨 오해인 줄은 모르지만 인터뷰 중에 느끼기에는 그다지 어렵지 않았다. 처음에는 부담스러웠지만 질문도 없었고 평소처럼 지냈을 뿐인데 끝이 나 있었다.

"무슨 오해요?"

김 대표는 윤후를 보며 조심스럽게 물었다.

"요새 스케줄 힘들어? 힘든 거 없지?"

"네."

"음. 그게 너도 팬카페 자주 들어가지?"

"네."

"인터뷰한 동영상도 봤지? 그거 때문에 요즘 회사로 전화 많이 온다. 하아!"

자신을 좋아해 주는 팬들이 모여 있는 장소이기에 가끔 들어가지만 김 대표가 무엇 때문에 저러는지 전혀 짐작이 되지 않았다.

"너 진짜 힘든 거 없지? 있으면 말해야 돼!"

"네. 왜 그러세요?"

"하! 우리 회사가 너 노동 착취한댄다. 그래서 네 표정이 그렇게 어두운 거래."

"음."

"무대에서는 웃는 애가 인터뷰에서는 말 한마디 안 하고 심지어 어떤 새끼들은 너더러 태도가 덜됐다고까지 그래."

김 대표는 윤후의 아빠 정훈과의 약속만 아니었으면 윤후가 어린 시절 자폐증을 앓다가 이겨낸 후유증이라고 말하고 싶을 정도였다. 하지만 약속도 약속이거니와 무엇보다 자신이 맡고 있는 가수의 사적인 일을 꺼내고 싶지 않았다. 언젠가는 알게 될 것이지만 그게 지금은 아니었다.

"윤후야, 그래서 그런데 며칠만 더 촬영해라."

"그 기자 분이요?"

"아니아니, 쌍둥이가 찍을 거고, 네가 원래 그렇다는 걸 보여주기도 하고 좀 더 친근하게 다가가려고. 'Who TV'라고 Y튜브에 채널 만들어서 거기에 올리는 거야. 어때?"

인터뷰 당시 전혀 어렵지 않았기에 흔쾌히 응했다. 전혀 어렵지 않은 얘기를 어렵게 꺼내는 김 대표를 보며 의아해할 때 김 대표가 말했다.

"그리고 이번에 혹시라도 다른 가수 노래 부를 거면, 그러니까 혹시라도… 그러면 우리 회사 애들 노래 불러줘."

"네."

윤후의 대답을 들은 김 대표는 그제야 환하게 웃었다. 처음부터 천재적인 모습을 봐왔고, 그 천재적인 모습을 지켜보고 싶은 마음과 다른 회사에 이용당하는 모습을 보기 싫었다. 물론 제일 큰 이유는 윤후를 잡고 있으면 분명히 성공한다는 것이기에 언제나 조심스럽던 김 대표이다. 하지만 그것을 알 리 없는 세 연습생은 김 대표의 행동이 의아하기만 했다.

윤후는 사무실에서 조금 더 얘기를 하자는 김 대표를 따라 나서다 말고 뒤를 돌아 연습생들을 손가락으로 가리켰다.

"1, 2, 3번 걸로 불러도 돼요?"

"아, 안 돼! 쟤네는 아직 발표도 안 했잖아. 절대 안 돼!"

고개를 끄덕거리며 연습실을 나가는 윤후를 보며 연습생들은 하마터면 자신들의 데뷔곡을 빼앗겨 버릴 뻔한 말에 서로를 쳐다봤다.

"저 사람 말한 게 우리 데뷔곡 맞지? 저번에 지가 바꿔준 거."

"진짜 저 사람, 연습할 때마다 와서 쳐다보는 통에 부담돼서 연습도 못 하겠는데 노래마저 빼앗기는 거 아니야? 안 그래, 에이토?"

"혼 니미 부른다 하면 어쩌를 수 업다. 죠야 해. 내 노래 아니야."

한참 전에 사라진 윤후가 나간 문을 보며 찬양하듯 말하는 에이토를 보며 나머지 둘은 고개를 저었다.

*　　　　　*　　　　　*

음악 방송 녹화를 끝마치고 차에 올라탄 윤후는 카메라부터 들이미는 대식을 향해 인상을 찌푸렸다. 인터뷰 때의 기자와는 다르게 시시콜콜 말을 시켰다. 심지어는 눈을 감고 있을 때도 무슨 생각을 하는 중이냐고 물었다.

"무대를 무사히 끝마친 소감이 어떠세요?"

"흠."

"그 무표정한 얼굴로 보아서는 좋았던 것 같네요. 바로 집으로 가실 건데 집에 가서 뭐 하실 건가요?"

"그만하면 안 돼요?"

"크흐흐흐흐, 이거구만. 아오, 속 쉬원혀."

윤후는 인터넷에서 보던 암 덩어리 같은 존재를 실제로 만난 기분이 들었다. 계속해서 해대는 질문에 더 이상 답을 하지 않고 누워 있을 때 차 문을 두드리는 소리가 들렸다.

"뭐여? 니가 워쩐 일이여?"

대식이 창문을 내리자 밴디스의 매니저이던 사람과 처음 보는 사람이 서 있었다. 억지로 웃는 밴디스의 매니저 모습에 자신도 혹시 저런가 하는 생각을 갖게 될 정도였다. 그는 곧 그 이상한 얼굴로 어렵사리 말을 꺼냈다.

"안녕하세요. 후 씨, 차에 타고 계세요?"

"그려. 니가 우리 후는 왜 찾능 겨?"

"아, 다름이 아니라 후 씨가 부른 '부끄' 때문에 왔습니다."

"니들 노래 불러줘서 고맙다고 인사라도 온 겨? 인사는 내가 받았으니 가보도록."

밴디스의 매니저는 차 문을 닫으려 하는 대식을 잡았다. 그리고 쭈뼛대며 어렵게 입을 열었다.

"그 곡 때문에 찾아뵙습니다. 회사에 전화했더니 단박에 거절하셔서요."

"그려? 회사에서 하지 말라는 건 우리도 안 혀. 가봐."

그때, 옆에 서 있던 남자가 밴디스의 매니저를 밀어내며 앞으로 나섰다. 대식을 위아래로 훑어보고 피식 웃는 모습에 지켜보던 후까지 기분이 나쁠 정도였다.

"안녕하세요. 예전에 봤죠?"

"그려여. 뭐 또 훔쳐 가려고 오셨어유?"

"하하, 훔쳐 가다뇨."

"우리 회사 애들 툭하면 훔쳐 갔잖아유. 아니여유?"

"하하, 대식 씨도 말을 참. 훔친 건 우리가 아니라 저기 저 분이시죠."

윤후는 자신을 가리키는 모습을 표정 없이 쳐다봤다. 안 그래도 요즘 도둑이라는 소리를 많이 들었기에 자신이 저 중년 남자의 어떤 걸 훔쳤나 오히려 궁금했다. 그리고 운전석에 있던 두식이 윤후를 돌아보며 물었다.

"도둑질한 겨? 뭘 훔쳤는가?"

"음, 마음은 아닌 거 같고… 시간 정도?"

"이 미친놈, 지랄병 났네."

팬카페에서 다들 후의 노래를 들으면 시간 가는 줄 모른다며 시간 도둑, 마음을 훔쳐 간 도둑 등의 댓글이 자주 보였기에 생각 없이 한 말이다. 윤후는 뒤에서 미친 듯이 웃는 스타일리스트를 보며 어깨를 으쓱하고는 열려 있는 창문 쪽으로 얼굴을 비췄다. 윤후는 자신의 얼굴을 쳐다보는 남자의 기분 나쁜 미소를 보며 시큰둥하게 물었다.

"제가 뭘 훔쳤나요?"

"꼭 훔쳤다고 하기보다는… 흠, 얼마 전에 원곡자의 허락도 없이 자기 마음대로 곡을 바꾸셨죠? 물론 인터넷에 보면 커버송이 많다고 해도 가수도 하시는 분이 그걸 영상까지 촬영하시면 안 되죠."

"그게 문제가 되나요?"

"뭐 금전적으로 이득을 취하신 것 같진 않으니 문제가 될 건 없죠. 저희가 온 건 그런 걸 문제 삼으러 온 게 아니라 바꾼 곡을 밴디스 이름으로 정식 발매하고 싶다는 겁니다. 리메이크 앨범으로요. 물론 편곡비는 당연히 지불하겠습니다."

윤후는 네가 잘못을 했으니 그 잘못을 덮기 위해서 곡을 내놓아라 하는 것처럼 느껴지는 남자의 말에 상당히 기분이 나빠졌다. 대식에게 암 덩어리라고 한 것이 미안할 만큼 앞의 남자는 확실한 암 덩어리 같은 냄새가 났다. 하지만 협박하는 남자의 말은 우습기 그지없었다. 어려서부터 함께 지내온 배성철과 마음에 안 드는 노래를 수시로 바꾸며 들은 얘기가 수백 가지는 되었다. 그 곡으로 방송을 해서 돈이라도 번다면 모를까 지금 상황에서는 전혀 문제되지 않을 것 같았다.

"편곡비도 드릴 테니 대신 한 가지만 부탁드립니다. 리메이크 버전 가이드 도중 유출되었다는 식으로."

지켜보던 대식이 참다못해 입을 열었다.

"그게 뭔 개소리래? 우리 후가 뭐 잘못한 게 있으면 소송 걸어유. 알겄슈?"

"하하. 소송보다 아직 신인인데 활동도 끝나지 않은 가수의 곡을 자기 마음대로 바꿔 그걸로 인기를 얻는 가수라고 말이라도 나오면 이미지에 타격 좀 받지 않겠습니까? 거기에 그 곡 때문에 기존 그룹이 해체까지 해버리면?"

"개짓거리는 여전하네유. 아무튼 윤후는 그런 거 안 하니까 헐 거면 허세유. 알갔슈?"

가만히 듣고 있던 윤후는 창문 사이로 웃고 있는 남자를 보며 입을 열었다.

"아저씨, 제가 노래 부른 게 그렇게 문제가 되나요? 미국에서는 길거리에서 커버송으로 인기 얻고 그 인기로 가수된 사람도 있는데, 그게 문제가 되나요? 제임스 브라움, 라이 올 라이 등 꽤 많은데. 게다가 인기 없던 곡을 커버곡으로 재조명시킨 경우도 있는데. 오히려 원곡 가수가 감사를 전하기까지 했고요. 아저씨 말대로라면 제가 파렴치한 같네요."

"흠, 꼭 그런 건 아니……."

"그리고 전 팔고 싶은 생각도 없고요, 또한 거짓말하지도 않을 거고요. 쓰실 거면 쓰셔도 돼요. 그리고 다음부터 쓰레기 안 줍겠습니다. 말 다하셨으면 저희 가도 되나요?"

대식이 창문을 닫고서 놀란 눈으로 윤후를 쳐다봤다. 대식뿐만이 아니라 운전석에 있는 두식과 스타일리스트까지 모두 윤후를 빤히 쳐다봤다. 남자의 협박처럼 느껴진 말에 다섯 명의 인격이 말한 것이 떠올라 자신도 모르게 내뱉은 말이다. 사람이 약하게 보이면 누군가는 분명히 그 약점을 건드린다는 것을. 그동안 자신에게 우호적인 사람들만 만나왔기에 느끼지 못한 것을 처음 느껴보니 생각보다 더 기분이 더러웠다.

대식이 처음 보는 윤후의 모습에 가만히 쳐다보다 말고 말했다.

"뭐여? 말 잘하는구만. 그럼 계속혀야지."

카메라를 들이밀며 잇몸까지 드러내고 웃는 대식을 보니 말을 한 것이 실수처럼 느껴졌다.

"말 잘하시던데, 지금까지 우리를 속인 소감이 어떠십니까?"

"하… 좀."

『여섯 영혼의 노래, 그리고 가수』 2권에 계속…

신가 新무협 판타지 소설
FANTASTIC ORIENTAL HEROES
홍원